鬥智的求救遊戲

魏柔宜◎著
楊琇閔◎繪

作者序

培養孩子閱讀的興趣

喜歡閱讀，是上天所贈予的一份美好而珍貴的禮物。眾所周知，閱讀能夠增廣見聞、陶冶性情、涵養氣質……。喜歡閱讀的人，也比較能夠自得其樂，和自己相處。

對孩子本身來說，能夠自得其樂，和自己相處的孩子，在少子化的今天，成長的路比較不會孤單；而對忙碌的父母來說，也比較能夠享有片刻屬於自己的偷閒時光。

喜歡閱讀是可以培養的，一本圖文並茂，引人入勝的書，輕易就能夠挑起孩子閱讀的興趣。而什麼樣的書能夠引人入勝呢？能夠引起好奇心，滿足好奇心，應該是個放諸四海皆準的選項吧！

基於這樣的想法，我為文房撰寫一系列帶有偵探意味的兒少書。本系列除了以引起好奇心、滿足好奇心為主軸，並以充滿趣味、幽默的筆法，敘述故事。當然，知識

與見聞的分享，更是不可或缺的元素。

本系列第二本書《鬥智的求救遊戲》，講的是一場環環相扣的鬥智解謎遊戲。從韓飛和唐意峰在學校的置物櫃裡發現一張紙條開始，有個神祕人物不斷以奧祕難解的謎題，挑戰校園小偵探的智慧與勇氣。

由於謎題的難度，有點超過小偵探們的能力。想放棄，又擔心求救者陷入危險；不放棄，又老是覺得被耍得團團轉！好像這只是個要看他們出糗的鬥智遊戲。

歷經重重困難解開最後一道謎題時，校園小偵探卻被引導到一棟山中豪宅。書中的主人翁唐唐，不由得聯想到童話故事「糖果屋」裡驚險可怕的奇遇，他們也會遭逢類似的命運嗎？

現在，請你打開書，找一張舒服的椅子坐下來，和書中的小偵探們，一起運用你們的想像力，解開每道謎題，解救陷入危機的人吧！

目錄

人物介紹

唐意忻　綽號「唐唐」，小學三年級，個性直白，好奇心重，古靈精怪，很有自己的想法。

唐意峰　唐唐的哥哥，小學五年級，成績好，愛臭屁。雖然常吐槽唐唐，但是關鍵時刻還是會保護著唐唐。

韓飛　唐意峰的同班同學兼死黨，富正義感，凡事喜歡追根究底，知識豐富，很喜歡唐唐。

于斐華　唐唐的同班同學兼死黨，脾氣好，功課佳，個性膽小，喜歡跟隨唐唐。

01
CHAPTER

向校園偵探隊挑戰

放學回家的路上，我和裴華一離開我們班的隊伍，就朝五年級的隊伍走，尋找哥哥和韓飛的身影。

找到他們後，我開心的告訴韓飛，校工伯伯已經找人一起幫忙，把紫花苜宿草收割下來，等晒乾以後，就可以給大白鵝「嘎嘎」吃了。

「我們也有幫忙收割喔！」我得意的說。

「對啊！還去看他們怎麼晒乾紫花苜蓿草。」裴華也很開心的說。

「那你們接下來要種什麼？」韓飛問。

「種南瓜呀！這樣韓飛就可以繼續幫我們了。」

「你不自己努力，光是想要依賴韓飛。」哥哥說。

「哪有！我也很努力好不好？」我對哥哥努努嘴。

「努力依賴啦！」

「沒問題，等你們整地好了，要開始種南瓜的時候，我再告訴你要注意哪些事情？」還是韓飛善解人意。

「校工伯伯的朋友，幫他收割紫花苜宿草的時候，稱讚我們種得很好喔！」

正當我眉飛色舞，比手畫腳的對韓飛形容時，一群同校的學生走過我們身邊，七嘴八舌的說：「就是他們耶！」

「他們是誰？」

「抓到菜園大盜的四個人呀！」

他們說著，好奇的看著我們，我忍不住回頭看過去，如果我沒猜錯，他們的眼睛裡，寫著「好棒喔！」「真厲害呀！」「真是英雄耶！」

雖然英雄好像只能用來形容男生，但是這個時候，我並不介意被當成男生。為了符合英雄的形象，我把頭抬得高高的，臉上帶著大明星的笑容。

「他們是幾年級的？」

「兩個男生是五年級，另外兩個女生是三年級。」

「真的假的？那兩個五年級男生抓到菜園大盜，我還相信；另外兩個，不但是女生，而且才三年級，大概只是小跟班吧！」

聽到這句話，我臉上的笑容，一點一點的垮掉……，什麼嘛？說我和裴華是小跟班！

不過，仔細想想，我們的確只是跟來跟去，並沒有想出什麼好辦法。但至少，我們勇敢的跟來跟去呀！

「嗨，你們好。」韓飛竟然跟那幾個說話的高年級男生打招呼，

而且還說：「她們不只是跟班，她們也幫了很多忙。」

「這樣呀，所以你們都好棒喔！」其中一個高年級女生說。

「尤其是你們兩個三年級學妹，實在太厲害了！」另一個高年級女生，還走過來拍拍我和裴華的肩膀。

「就是啊，還長得這麼可愛。」

突然被這麼多人稱讚，我開心得腳好像快要踩不到地，臉因為又紅又熱，只能勉強動一動嘴角，我想這種表情絕對稱不上「可愛」。

「好可愛喔，害羞了耶！」剛才拍我們肩膀的六年級學姐說。

「你們太誇張了，說的好像他們是什麼超級大明星！」一個酷酷帥帥的六年級學長，從她們後面走上前不屑的說。

「不過就是湊巧發現大白鵝破壞菜園罷了。」學長邊說邊用斜眼瞥了我們一眼。

「是管宇超學長耶！」哥哥用手肘撞撞韓飛，小聲的說。

哥哥的反應讓我太驚訝了，聽到人家這麼說，不但沒有生氣，反而像是見到偶像一樣，眼睛都亮了。

「管宇超，你不要那樣說嘛，就算是湊巧發現，全校那麼多人，也只有被他們發現呀！」一個學姐說。

「那只能說是他們運氣好。」

「你不但對自己嚴格，對別人也那麼嚴格，他們只是學弟和小學妹，標準放低一點嘛。」另一位學姐也在一旁附和。

雖然她們嘴上這麼說，臉上卻沒有責備的意思，感覺她們好像很崇拜那個講話很難聽的學長。

「我並不是對他們嚴格，只是想提醒他們，不要得意忘形了！」

聽到這裡，哥哥原本那副像是看到偶像的興奮表情，慢慢變成像是被偶像打了一巴掌，有委屈也有生氣，但他一句話都沒說，倒是韓飛開口了：「謝謝學長提醒，但是我們不會得意忘形，也從來不覺得，做了這件事有什麼了不起！」

是嗎？我覺得挺了不起的耶！

「是嗎？」這是管宇超學長說的，說完後還挑了挑眉頭。

「我們沒有自以為了不起，是別人以為我們了不起。」我也忍不住說了幾句。

管宇超學長轉過頭看看我，還以為他又要對我說些什麼難聽的話？結果，他只看了我一眼，眼睛裡好像還閃著淺淺的笑。

「嗯，那你們接下來想辦什麼案子呀？聽說，你們自稱是校園偵探隊？」管宇超學長的表情帶有嘲諷的意味。

「校園偵探隊」是我們自己取的，怎麼傳出去了？既然大家都知道了，也沒有什麼不能承認的。

「對啊，我喜歡當偵探！」

我一說完，韓飛就拍拍我的肩膀，對我微微搖搖頭，然後對管宇超學長說：「我們沒有計畫要辦什麼案子。」

「那不就浪費了校園偵探隊的功力？」

「如果有事情發生再處理就好。」哥哥終於開口了。

管宇超學長聽到哥哥這麼說，用眼睛把哥哥從頭到腳「檢查」了一遍。

「聽你這麼說，學校是你們在罩的囉？」

「我……我……」一向伶牙俐齒的哥哥，突然結巴了起來。

「宇超，我們快走吧，還要去看電影欸！」

一個六年級學長，催促著管宇超學長，然後他們就跟兩位學姐，快步離開了。

「沒想到，管學長竟然是這樣的人。」哥哥對韓飛說。

哥哥的表情，好像受了很大的打擊，韓飛聽了沒說什麼，低著頭，繼續往前走。

「這樣的人？不然，他應該是怎樣的人？」我忍不住問哥哥。

其實不用哥哥回答，我也看得出他是怎樣的人？就是一個很愛潑人家冷水，自以為了不起的人嘛！

「他是一個很聰明的人，上次我和意峰參加高年級全國數學奧林匹克競賽，我們學校的隊長就是管宇超。」韓飛告訴我。

「他好厲害，幾乎什麼題目都能解，還教我們一些解題的技巧。」哥哥說。

連一向自認為數學很厲害的哥哥，都這麼稱讚管宇超，那他一定很厲害。

「我當時好崇拜他，簡直把他當成偶像，還希望自己能夠像他一樣厲害。」

「當時？現在不崇拜了嗎？」

哥哥沒有回答我的問題，自顧自的繼續說：

「他那時候好聰明，好熱心……」說到這裡，哥哥就停住了，看起來好像真的很失望。

「我想，他並沒有改變，只是今天讓我們看到他的另一面。」韓飛說著搖搖頭。

「對啊！不要管他說什麼，我覺得他是在嫉妒我們啦！」裴華安慰哥哥說。

「我以前很喜歡他……」哥哥還在繼續失望。

「你現在還是可以喜歡他呀，只要喜歡他對數學的厲害就好。」韓飛說。

「而且，你還有裴華可以喜歡呀！」我說。

裴華聽到我這麼說，臉都紅了，哥哥也臉紅了，只不過，他是臉紅脖子粗的罵我：

「拜託你好不好？兩種喜歡是不一樣的，你就是搞不清楚狀況！」

我聳聳肩，喜歡就喜歡，有什麼不一樣？

*　*　*

隔天在學校，和裴華去三年級的置物櫃拿東西時，看到哥哥和韓飛，一臉嚴肅的站在五年級的置物櫃前面，嘴巴動個不停，但是聲音壓得低低的，不知道在討論什麼神祕的事？

我悄悄的靠過去……

「這應該是寫給我們看的吧？」哥哥說。

「對啊！不然怎麼會放在我們的置物櫃？」韓飛回答。

「要照紙條寫的去做嗎？還是把紙條交給老師？」哥哥說。

「可是，紙條背面還寫了那些話……」韓飛猶豫的看著紙條。

「所以，你想去看看對不對？」

「嗯。」韓飛點點頭，「不過，紙條上說的地方，訓導主任好像警告過我們不要去。」

「那我們到底要不要去？」哥哥有點心急的說。

韓飛再度低頭看著紙條，好奇心把我團團圍住，於是我從他們背後跳出來，一把抽去韓飛手上的紙條。

「午休時間結束後，請到斷頭樹，有人需要幫助。」我很快念出紙條上面的字。

哥哥對我「噓！」一聲，伸手想搶回紙條，我立刻繞到韓飛後面，也把紙條轉到背面。

「這只是一場偵探遊戲，不必大驚小怪告訴老師。」

「既然有人要跟我們玩遊戲，我們就跟他玩啊！」我興奮的說。

「說什麼『我們』？只有我和韓飛，不包括你，好嗎？」哥哥終於搶回紙條，不屑的說。

「既然是玩偵探遊戲，就是針對校園偵探隊，當然包括我和裴華囉！」

「但是，斷頭樹是學校規定不能去的地方。」韓飛說。

不要被「斷頭樹」的名稱嚇到，並不是那棵樹會把人砍斷頭，而是那裡有一棵年紀很大的樹。

在一次颱風過後，樹頂端的枝幹和樹葉被狂風吹斷，好像樹的頭斷了一樣，所以我們就把那棵樹稱為「斷頭樹」。

有一次，訓導主任在朝會的時候說，那一區的樹都很老了，其中幾棵看起來搖搖欲墜，在還沒有請人去處理那些樹以前，我們不可以去那裡玩，免得被掉下來的樹幹砸到受傷。

02 CHAPTER

斷頭樹區等嘸人

「有什麼關係？我們偷偷去就好了呀！」

「叫你讀書就想睡覺，對這種事卻特別起勁。」哥哥搖搖頭說。

「什麼事？偷偷摸摸的事嗎？」

「探險啦！」

「不喜歡探險，怎麼能被稱為校園小偵探？」我大聲的反駁哥哥。

「有人這樣稱呼你嗎？是你自己說的好嗎？而且還傳到管宇超學長那裡去，真丟臉！」

「我也不知道是怎麼傳出去的？我又沒有到處去說！」

裴華也搖搖頭說：「我也沒說。」

「既然傳出去了，從現在開始，我們就認真扮演偵探的角色吧！」

韓飛說。

「YES！」我開心的握了一下拳頭，「韓飛就是這麼讓人喜歡，敢做敢當，不拖泥帶水。」

「喜歡就喜歡，不要講那些莫名其妙，牛頭不對馬嘴的形容詞。」

「我哪裡說錯了嗎？」

哥哥搖搖頭不說話，韓飛也只是在一旁傻笑。

「噹！噹！噹！」上課的鐘聲響了，我們匆匆忙忙結束談話，準備跑回自己的教室，臨走前韓飛說：「午休前二十分鐘，我們先到三年級教室的樓梯間碰面，討論一下這張紙條。」

「紙條都已經看過了，還要再討論什麼？」

「我還有一些不懂的地方要問大家。」

「連我都看得懂每個字，你應該不會看不懂吧？」如果韓飛真的看不懂哪個字，那就太讓我訝異了。

「唐唐，拜託你不要再搞笑了，一點都不好笑。」

我有搞笑嗎？我又沒有說什麼好笑的話，我搖搖頭。

「好了，快回去上課吧！」韓飛一邊催促著我和裴華回教室，一邊跟哥哥往五年級的教室跑去。

為了趕在午休前二十分鐘討論紙條的內容，今天的營養午餐，我三口併兩口塞進肚子裡，看來我很有吃飯的潛力嘛！

* * *

當我和裴華來到約定的地點，哥哥和韓飛已經在那裡等了。

「所以，你認為是高年級的學生寫的囉？」韓飛問。

「是啊，筆跡不像低年級的學生。」哥哥說。

韓飛點點頭。

「什麼低年級、高年級呀？」我插嘴問道。

「意峰從筆跡判斷，認為這張紙條是高年級的學生寫的。」

「也許吧，但是有些低年級的學生，字也寫得很漂亮。」

「對呀，有些明明已經是中年級了，字卻寫的像是低年級學生寫的。」哥哥不懷好意看著我說。

「看我幹麼？我寫的字，一看就知道是中年級學生寫的。」

「是嗎？」

「好了，你們兄妹倆別鬥嘴了，我們趕快討論疑點吧！」

「韓飛是要討論，這張紙條是幾年級學生寫的嗎？」裴華問。

韓飛點點頭說：「這是其中一個疑點。」

「那你們覺得，是男生還是女生寫的呢？」我也提出我的疑問。

「我覺得是男生，因為男生比較喜歡玩這種偵探遊戲。」裴華說。

「好，那我們先假設是高年級男生寫的紙條，那他為什麼要寫紙條給我們呢？」韓飛問。

「他不是說了嗎？想跟我們玩一場偵探遊戲呀！」

「可是，還牽涉到另外一個需要幫助的人，真的有一個需要幫助的人嗎？這個人是誰呢？需要我們怎麼幫忙呢？」韓飛連續拋出了幾個疑問。

「這就是我們要查出來的地方呀！」我說。

「還有，他們為什麼會留紙條給我們，而不是給其他人？他為什麼又知道我們的置物櫃在哪裡？」這次換哥哥提出問題。

「這還不簡單，因為校園偵探隊除了我們沒有別人啊！而且每個人的置物櫃又不是祕密，打聽一下知道了。」

「所以是認識我們的人囉？說不定也是我們認識的人。」哥哥說。

「不需要很認識我們，只要知道我們是校園偵探隊就可以了。」韓飛說。

「還有，他究竟是認真想跟我們玩一場偵探遊戲，還是想捉弄我們？」哥哥問。

「應該是認真想跟我們玩一場偵探遊戲吧！有點挑戰的意思。」韓飛說。

「嗯。」哥哥點點頭，「我懷疑一個人……」

「管宇超學長嗎？」韓飛接著說。

「你也懷疑是他嗎？」哥哥問。

「嗯，目前只有他嫌疑最大。」

「不用再想了啦，去調查不就知道了。」

韓飛聽我這麼說，抬起手看看手錶。

「差不多該走了。」

「我們不要直接去斷頭樹那裡吧！先去附近的樹木區。」哥哥說。

「為什麼？」我問。

「突然到斷頭樹，目標會太明顯，先在旁邊觀察一下，再找機會過去。」

「意峰說的對。」

還好不是直接到斷頭樹，不然這一大段距離，再怎麼偷偷摸摸，都有可能被人看見吧，除非我們有哈利波特的隱形斗篷。

＊ ＊ ＊

斷頭樹附近空無一人，只有籃球場還有幾個男生在打籃球，大概是因為快要午休了吧！

「快，我們過去！」哥哥東張西望之後說。

「不要四個人一起過去，免得目標太明顯。」

「我不要過去好了，我在這裡等你們。」裴華說。

「也好。」哥哥點點頭，「唐唐最好也不要過去。」

「為什麼？」我忍不住大聲抗議，聲音大到好像被籃球板彈回來，有回音在迴盪。

「小聲一點，不要那麼激動，一定會讓你去的啦！怎麼可能把好奇心比什麼都強的唐唐，留在這裡呢？」韓飛安慰我說。

我安心的點點頭，正當我們要溜過去時，走在前面的韓飛突然說：

「等一等，好像有兩個人，在斷頭樹旁邊比手畫腳。」

「會不會就是需要幫助的人？」我說。

哥哥伸長脖子仔細看，「看他們的樣子，應該是要移除斷頭樹的工人吧。」

「他們現在就要移除斷頭樹了呀？那麼，那個需要幫助的人怎麼辦？」

「至少不會跟斷頭樹一起被移除啦！」哥哥沒好氣的回答我。

「好了，他們走了。」韓飛說。

我們三個人潛入斷頭樹區以後，站在這幾株枝幹斷落在地，樹葉乾枯，樹皮剝落的斷頭樹中，感覺有點可怕。

「快蹲下來！」

聽到韓飛突然這麼說，我和哥哥馬上蹲下來，為了蹲低一點，我整個人還差點趴了下去。

我抬起差點被地上枯枝刮到的臉說：「發生什麼事了？」

「導護老師剛剛走過去。」

「呼，好險！」

危機既然已經解除，我慢慢站起來，還沒站直身體，又被韓飛一把拉下去。

「再蹲一會，看看還有沒有人走過去？現在站起來太明顯了，很容易被發現。」

「沒看到人啊！」蹲下來一直沒有說話的哥哥，突然冒出這句話。

我轉頭看他，他並不是像韓飛一樣，盯著斷頭樹區外面看，而是盯著斷頭樹區裡面看。

我記得我們來這裡是要找出那個需要幫助的人，但是現在除了我們三個人以外，只有斷頭樹家族。

「對呀，根本就沒有人嘛！」我說。

「你們在找什麼人？」一個熟悉的聲音在我們的頭頂上飄，我仰頭一看，是那個管什麼學長耶！難道他是需要幫助的人嗎？

「管學長，你怎麼來這裡了？」哥哥說著站了起來。

「你們能來，我也能來吧！」

「我們是因為有任務呀！」我也站起來說。

「任務？哦，校園偵探隊出任務了，這次是要調查斷頭樹嗎？哈哈！」

這個管學長實在很不討人喜歡，如果是他需要幫助，我才懶得理他。

「你是需要我們幫忙的人嗎？」我乾脆直接問管學長。

「我？我為什麼需要你們幫忙？」

「那不然你來這裡幹麼？學校不是不准我們來這裡嗎？」我沒好氣的質問管學長。

「這個小學妹說話很有趣，既然知道學校不准我們來這裡，你不但自己跑來，還怪別人也來！」

「管學長，請問你來這裡多久了？有看到別人嗎？」韓飛問。

管學長搖搖頭，說：「沒看到，除了要出任務才來這裡的校園偵探隊外，大概沒有其他人有興趣來這裡吧！」

韓飛低頭看看手錶，「午休時間快到了！」

「我也該走了。」管學長走了幾步又停了下來，轉過身，拿了一袋東西在我們面前晃一晃。

「差點忘了這個。」管學長把手伸長，遞過來一袋東西。「這給你們。」

管學長為人其實還不錯嘛，還會送禮物給我們呀！

「那是什麼？」哥哥問。

管學長聳聳肩說：「不知道！」

「你要給我們東西，卻不知道裡面是什麼，真奇怪。」我說。

「一點也不奇怪，因為這袋東西放在我的桌上，我本來想打開看，但是袋口封住，還叫我不要打開看。」

韓飛接過那袋東西，看了一下說：「有一張紙條貼在紙袋上。」

「紙條上寫什麼？」哥哥問。

韓飛拿著紙條念：「請不要打開袋子，直接拿到斷頭樹區，交給校園偵探隊。很重要，拜託！」

「搞得這麼神祕，讓我很好奇，只好依照指示送過來。你們打開後，總可以讓我知道裡面是什麼吧？」

沒想到管學長的好奇心也挺強的嘛！

03
CHAPTER

神秘的袋中袋

我和哥哥圍在韓飛身邊，看他小心翼翼撕開袋子的封口，才剛撕開，午休的鈴聲就響起了。

「我得趕快離開了，我的教室離這裡比較遠。真遺憾，看不到袋子裡面是什麼東西了。」管學長一說完，就頭也不回的跑走了。

「唐唐，你們還在那裡幹什麼？快點回教室啊！」

聽到裴華的聲音從不遠的地方傳過來，我才突然想到，她還在「好頭樹區」等我們哩。

「怎麼辦？沒有時間看了。」哥哥說。

「至少瞄一下紙袋裡面有什麼東西嘛？」好奇心被挑起了，不稍微滿足一下怎麼行？

韓飛把手伸進紙袋，摸了一下。

「好像有一個小紙袋，還有幾顆圓圓的東西。」

「你們怎麼還不來呀？上課快來不及了！」裴華的聲音聽起來好著急。

「好，我們馬上就來了。」哥哥安撫著裴華。

「這樣吧，我們現在誰都不要看，午休結束以後，再到三年級的樓梯間集合。」韓飛說。

我和哥哥不約而同的點點頭。

＊　＊　＊

午休結束的鐘聲還沒有敲完，我就迫不及待拉著裴華的手，跑向樓梯間。哥哥和韓飛還沒有到，等了一會兒，還是沒有看到人。

「他們兩個人會不會先偷看袋子裡面的東西？」裴華說。

「先偷看也沒有關係，但至少要給我們看，我們也是校園偵探隊的一份子耶！」

我邊說邊東張西望找尋他們的身影。

「不如，我們直接到教室去找他們！」我提議，裴華聳聳肩，表示沒有意見。

正當我們準備要走的時候，有人拍拍我的肩膀。

「你們要去哪裡？」

我轉頭看是哥哥，韓飛也來了。

「去找你們啊，你們是不是已經偷看袋子裡面的東西了？」

「我們才不會這樣！是老師交代我們做一些事，耽擱了一下子。」

「好了，不要再浪費時間了，我們趕快打開袋子吧。」韓飛說。

韓飛把手伸進袋子裡，撈出一個小紙袋，和幾顆不同顏色的球。

「大紙袋裡面還有小紙袋，是袋中袋喔！感覺有點神祕哩！」我說。

「那幾顆球是要做什麼呢？」裴華問。

沒有人回答，因為沒有人知道。

韓飛把球又放進大紙袋，仔細察看手上的小紙袋。

「拆開這個小紙袋吧！」哥哥提議。

「先等一等，小紙袋上面有寫字。」韓飛說。

我們把頭湊過去看，小紙袋上寫著：「請打開這個小紙袋，拿出裡面的紙條，並按照順序打開紙條。」

「真是故弄玄虛！」哥哥不以為然的說。

「我倒覺得是故布疑陣。」韓飛說著，撕開小紙袋，拿出裡面的兩張紙條交給哥哥。

「一共只有兩張紙條喔？兩張還要寫號碼呀！」

我邊翻看哥哥手掌心的紙條邊說。

「唐唐別動啦，你一直在我的手掌心抓抓撓撓，很癢耶！」

哥哥真的癢得抖了一下，那樣子好好笑，為了不讓我繼續翻動紙條，哥哥索性把手掌合了起來。

「意峰，你打開寫著一的紙條吧！」

哥哥打開後，嘴角歪了一下，好像是看到什麼好笑的內容。

「寫了一個笑話嗎？」我伸長脖子問。

「最好是啦，但也差不多算是笑話啦！」

「念出來聽聽。」韓飛說。

「請拿出黃色的球，送給帶來這個袋子的人，並請他先離開。」

「聽不出來哪裡好笑啊？」我說。

沒想到，韓飛的嘴角也拉出一個弧型。

「搞不懂他葫蘆裡在賣什麼藥？」

韓飛邊搖頭，邊從袋子裡抓出黃色的球。

「不是賣什麼藥？是有什麼球啦？」我說。

「小球裡面有什麼呢？」裴華問。

「搞不好又是一張小紙條。」我猜測。

「又是紙條？那紙條要寫什麼？寫一道謎語讓我們猜嗎？」哥哥有點不屑的說。

「那這樣就變成猜謎遊戲了。」我說。

「我們現在要把黃色的球，拿去給管宇超學長嗎？」裴華問。

「先不要吧，等我們把另外一張紙條也打開以後，再找時間拿去，應該沒關係吧！」韓飛說。

「對呀，沒有必要那麼聽話。」哥哥也贊成。

我當然贊成這麼做，因為先拿去給管學長，一定又沒有時間打開另一張紙條了。要我抱著沒有被滿足的好奇心上課，那麼老師說的話，一定都會變成：「第二張紙條寫什麼？紅色的球裡面有什麼？綠色的球裡面有什麼？紫色、藍……？」

「現在打開第二張紙條吧！」韓飛說。

哥哥點點頭，拿出寫著二的紙條，打開後念道：「謝謝你們陪我玩這一場偵探遊戲，現在請你們每個人選一顆球，這是我要送給你們的小禮物，但是請注意，不要選紅色球。」

「好好哦，偵探遊戲都還沒有破關，就有禮物耶！」我開心的拍拍手。

「搞不好，黃鼠狼給雞拜年，沒安好心。」哥哥說。

「嗯，說不定，裡面裝的不是什麼好東西。」韓飛也說。

「不過是一顆小球嘛，會有什麼壞東西？」

「一顆炸彈？或是一顆臭氣彈？或者塞一條臭襪子？一張擤了鼻涕的衛生紙？」哥哥惡作劇的說。

「哥哥好噁喔，只有你會想到放那些東西吧！」

「你們有沒有注意到？他說，不要選紅色球ㄟ！」裴華說。

「對喔！會不會紅色球裡面裝了哥哥說的那些東西？」

「如果他故意裝那些東西，為什麼又叫我們不要選？」哥哥說。

「良心發現了呀！」

「最好是啦！誰要先選？」哥哥問。

「我先選好了。」我把手伸進袋子裡，摸出一顆藍色小球。

「我先打開看囉。」我迫不及待的說。

我一點也不認為，小球裡面會裝了哥哥說的那些東西，搞不好是藏了什麼寶物？

「先等大家都把小球選好，再一起打開來看。」韓飛說。

於是，哥哥選了綠色球，韓飛選了紫色球，裴華選了橘色球。

我轉一轉、搖一搖手中這顆和乒乓球差不多大的藍色小球，球裡

面發出了「喀！喀！喀！」的聲音，我的心裡也浮出各種猜測。

會是一個迷你的玩具公仔嗎？還是什麼好吃的糖果、餅乾、巧克力……？無論是哪一種，都讓我滿心期待，等不及想馬上打開。

「好了，大家都有球了，我可以打開了吧！」

「要不要數到三，大家一起打開？」裴華說。

「這個提議不錯喲！」

不管是一起打開，還是個別打開，都無所謂啦，只要能快點打開就好。沒想到，哥哥卻很掃興的搖搖頭。

「萬一，裡面放的是炸彈，或是臭氣彈，一起打開的話，威力就更強了！」

「才不會是那種東西咧！不然，我先打開好了。」

「我也覺得不可能放那種東西，以我們的年齡，很難拿到那些東西。而且，這不過是一場遊戲，沒必要放危險的東西呀！」韓飛不置可否的說。

「但是你並不排除，有可能是什麼噁心的東西吧？」

韓飛聳聳肩，沒有表示意見。

「我記得有句話好像是說：『以小人之心，度君子之腹。』哥哥現在就像那樣。」這句話是我說的，必要的時候，我也可以說出很有學問的話。

「好好好，我們是小人，你是大人，那就請唐唐大人先打開吧！」

哥哥用等著看好戲的表情，看了我一眼。

「那有什麼問題？我早就迫不及待了。」

藍色玻璃紙在我手中「喀滋！喀滋！」作響，我的心充滿了期待的喜悅，幾乎快要衝破這顆小球了。

藍色玻璃紙整張打開後，一顆白色塑膠球出現在眼前。它真的就像是乒乓球一樣，總不會禮物就是這顆乒乓球吧？

我再度搖一搖小球，球裡面發出東西滾動的聲音。

「禮物應該是小球裡面的東西。」

我轉動著手中的小球，找不到打開的地方。

「要怎麼打開小球，才能拿出裡面的東西啊？」

韓飛拿起我的小球，邊轉邊研究。

「這裡有個接縫，你用力扭開看看。」

於是我左右手朝相反的方向，用很大的力氣扭轉小球，「扣！」

一聲，小球扭開了……

「小心，臭襪子要出現了！」哥哥似笑非笑的說。

「才不是，是會滾動的東西耶！」

「那也許是兩顆鯊魚的眼珠。」

小球一扭開，裡面的東西瞬間滾到地上，大家一起幫忙尋找。

「我找到了！」裴華揚一揚手中的金色球狀物。

「我也找到了！」哥哥也揚一揚手中的金色球狀物，「兩顆耶，看起來的確像鯊魚的眼珠。」

這次，哥哥的聲音聽得出來是在開玩笑。

我和韓飛仍舊低著頭，用眼睛四處搜尋地上。

「好像沒有了。」韓飛說。

「嗯，應該是只有兩顆吧。」

哥哥和裴華把金黃色球狀物交給我，我湊近鼻子嗅一嗅。

「有巧克力的味道耶！」

「我剛才也聞過了，應該是巧克力沒錯。」裴華說。

打開金色的錫箔紙後，果然是一顆巧克力，我正準備送進嘴裡時，哥哥抓住我的手說：「會不會是毒巧克力？」

「想太多了啦，你以為我是吃毒蘋果的白雪公主呀！」

「你當然不是白雪公主，所以你吃的是毒巧克力。」

是毒巧克力嗎？要不要吃呢？吃下去會不會像白雪公主一樣昏倒？我瞄了韓飛一眼，他算是我的王子吧？有王子在，那就不怕了。

我決定試試看，手上的巧克力越來越接近我的嘴巴……

04 CHAPTER

是禮物還是任務？

我閉上眼睛，一口把巧克力送進嘴裡。

「嗯，好好吃喔。」我意猶未盡的舔舔嘴角。

哥哥好像鬆了一口氣似的說：「那我也來打開我的玻璃紙。」

綠色的玻璃紙打開後，同樣是一顆像乒乓球的白色塑膠球，哥哥輕而易舉就扭開塑膠球，裡面也是兩顆金色小球。

哥哥一打開金色小球的包裝紙，濃濃的巧克力香就飄散出來。

「說不定，你的才是毒巧克力喲！」我故意嚇哥哥。

沒想到，聽我這麼一說，巧克力球已經拿到嘴邊的哥哥，突然停了下來，有點懷疑的看著手上的巧克力球。

我哈哈大笑說：「膽小鬼！」

「這也不是不可能的事啊！」

「那給我吃好了，我替你中毒吧！」

「哥哥怎麼能夠讓妹妹替他中毒呢？這種事，做哥哥的當然要勇敢承擔起來。」

哥哥說著，就把手上的巧克力球放入口中，才咀嚼了幾下，突然瞪大眼睛，伸手掐著自己的脖子，嘴裡「啊～啊～」呻吟著，好像很痛苦的樣子。

「哥，你怎麼了？不要嚇我們啊！」

「意峰哥，你怎麼了？」裴華說著，眼淚馬上從臉頰滾落下來。

「不要擔心，意峰只需要一個吻就沒事了。裴華，你願意親意峰一下嗎？」韓飛忍住笑說。

「只要意峰哥能夠平安無事，我當然願意呀！」

我已經看出韓飛臉上的笑意，知道哥哥是在捉弄我們。可是，天真的裴華卻沒有看出來，還一直很緊張。

我以看好戲的心情，為韓飛幫腔：「對呀，童話故事裡，白雪公主吃了毒蘋果以後，被王子親一下才活過來。現在變成意峰王子吃了毒巧克力，看裴華公主能不能把王子救活？」

沒想到我這麼說以後，裴華不再哭泣，而是以懷疑的眼神看著我和韓飛說：「你們是在騙我的吧，連意峰哥都在騙人！」

聽到裴華似乎不太高興，哥哥馬上「活」了過來。

「對不起啦裴華，我只是想嚇嚇唐唐，並沒有要騙你的意思。」

「為什麼要嚇我？」聽到哥哥這麼說，我反而有點不開心。

「因為你的眼中只有韓飛哥哥，而沒有我這個親哥哥啊！」

沒想到哥哥會這樣說，還以為哥哥根本不在乎我……

「原來意峰在向妹妹討拍啊！結果證實，唐唐還是很關心你呀！」韓飛笑著說。

沒錯，雖然哥哥常常欺負我，對我很無情，但是我打從心底還是很關心哥哥的。

「好了，你們倆兄妹的禮物都是巧克力，現在來看看我和裴華的禮物是什麼？」

「如果也是巧克力，那就沒有意思了，都沒有不一樣的驚喜。」我說。

「不一定喔，我這顆球裡面，搖起來是『篤！篤！篤！』的聲音，感覺不是巧克力。」韓飛說。

裴華也搖一搖她的橘色小球說：「我的也是『篤！篤！篤！』的聲音。」

「『篤！篤！篤！』的聲音會是什麼？」哥哥說著，拿起韓飛的紫色球，在手上稱一稱它的重量。

「感覺比我的球輕。」

「會不會是餅乾？或是軟糖？」

「你就只能想到吃的東西嗎？」

「紙條上說是禮物嘛！既然是禮物，又能夠裝得進這麼小的球裡面，除了吃的東西以外還有什麼？總不可能是一隻手錶，一支筆，或一頂帽子吧？」

「你以為那個人會變魔術嗎？」哥哥說。

「與其我們在這裡亂猜，不如趕快打開看看吧！」韓飛說。

「我先打開好了。」

於是，裴華拿起她的橘色小球，慢條斯理的打開橘色玻璃紙，裡面也是一顆白色塑膠球。

拜託，是趕快打開，不是慢吞吞打開好嗎？我在心裡著急的大喊。

看裴華轉來轉去，扭不開塑膠球，我的心裡越來越著急，正想伸手幫她扭開時，哥哥已經比我快一步。

「我幫你打開吧！」

「好啊！」裴華把球遞給哥哥。

哥哥用力扭開，一張紙條掉了下來。

「怎麼又是紙條？」哥哥說。

「紙條怎麼算是禮物啊！你搖搖看還有沒有其他的東西？」我覺得有點無趣。

哥哥用力晃一晃空空的球。

「如果還有什麼東西掉不下來，那就只能是黏在上面的東西，比方說，鼻涕、口水之類的。」

「好啦，不要搖了啦！」

如果是那種東西，我希望它們永遠黏在上面不要掉下來。

「打開紙條看看是不是寫了什麼？」韓飛說。

「我幫你念。」哥哥對裴華說，裴華點點頭。

於是哥哥把紙條完全展開，看了一眼後，皺了一下眉頭。

「怎麼了？寫了什麼？」韓飛問。

「上面寫剛才那顆紅球裡面，是一包氣喘藥，那個需要幫助的人有氣喘病，這包氣喘藥是他遺失的，請還給他。」哥哥照著紙條念完後，不以為然的說：「最好是啦！」

「你不相信？」韓飛問。

「感覺有點扯。」哥哥邊說邊搖頭。

韓飛找出紅色球，輕輕搖一搖，說：「聲音聽起來不像是巧克力的『叩！叩！叩』，比較像是紙條的『篤！篤！篤！』，但又覺得聲音比較重、比較悶。」

「可能真的是氣喘藥。」我說。

「搞不好是在耍我們。」哥哥說。

哥哥就是這樣，對什麼事情都疑神疑鬼的。

「如果真的是這樣，他為什麼不趕快拿給那個有氣喘的人？這樣那個人不是會有危險嗎？」裴華的表情很疑惑。

「他是可以自己拿去沒錯，但是他想跟我們玩一場偵探遊戲，所以才叫我們拿去嘛！」我解釋給裴華聽。

「如果我們沒有拿給那個人，那他會不會怎樣啊？」裴華擔心的問。

「應該不至於吧，他如果真的缺這包氣喘藥，可以再去醫院拿藥呀！」哥哥很有耐心的回答。

「說來說去，這都只是一場偵探遊戲，他只是想找點事給我們做，然後製造一點緊張的氣氛吧！」韓飛說。

「不過，他只說要拿藥給有氣喘的人，又沒有說那個人是誰？要在什麼時候？拿到什麼地方去給他？」我說。

「我們還有一顆球沒有打開。」韓飛說。

「沒錯，也許韓飛的紫色球裡面，裝的也是紙條。」

哥哥說到這兒，我打岔接著說：

「而那些問題，就寫在韓飛的塑膠球裡嗎？」

「嗯，我趕快打開來看看。」韓飛說著，撕去紫色包裝紙，然後扭開白色塑膠球，裡面果然是一張紙條。

韓飛拿出紙條，打開念著：「請在明天放學後，拿到菜園附近的池塘邊。」

「就這樣喔？又沒有說拿給誰？」我有點失望的說。

「也許，到時候池塘邊只有那個人。」裴華說。

「我猜沒有那麼容易。」韓飛邊說邊搖頭。

「不然咧？難道還要我們猜是哪個人嗎？」哥哥聳聳肩繼續說：「總覺得，這場偵探遊戲不會這麼容易就結束。」

也是啦，如果真的就這樣結束，那我們根本都還沒有「大顯身手」哩！

「可是，又要在天快黑的時候，去那個地方喔？」裴華的口氣聽起來有點怕怕的。

「你還在為上次的事害怕嗎？」我問。

裴華點點頭，感覺有點不好意思。

「上次讓我們害怕的事情，已經真相大白了呀！不過是一隻大白鵝，沒什麼好怕的。」哥哥安慰裴華。（詳細內容請見上一本《別跑！

菜園大盜》）

「可是，在查出答案以前，我們曾經歷過許多讓人害怕的事……」

裴華越說越小聲，好像已經看到什麼可怕的事了。

「裴華，你回想一下，上次讓我們害怕的事，其實都不存在，一切都是我們幻想出來的呀！」韓飛說。

「說不定，這次要和我們玩偵探遊戲的人，也會製造出什麼讓人害怕的事。」我靈機一動忽然想到。

「你真是哪壺不開提哪壺！裴華都已經在擔心害怕了，你還這麼說！」哥哥在一旁責備我。

「我只是突然想到嘛！」

「不然，這次你和裴華都不要去好了。」

「我要去啦！」我大聲抗議。

「沒事沒事，大家都去，這次應該不會有什麼讓人害怕的事。」韓飛安慰大家。

「哥哥，你沒有把另外一顆巧克力球吃下去吧？」我忽然想到這件事，大聲對哥哥說。

「幹麼叫那麼大聲？如果我正在吃，一定會被你嚇得噎住，到時就真的昏倒了。」

「我想，韓飛和裴華都沒有吃到巧克力球，而你跟我卻有兩顆巧克力球，不如我們把多出來的巧克力球分給他們吃。」

「好啊，有福同享嘛！」

「你那顆是毒巧克力球，吃了會昏倒，我可不要。」韓飛對哥哥說。

「你還在取笑我！」哥哥說著，用手肘撞了韓飛一下。

於是我和哥哥，各把一顆巧克力球，分給韓飛和裴華，正當他們吃得津津有味時，我忽然想起來，還有一個人沒有吃到巧克力球。

「你們還記得嗎？還有一個人也有巧克力球的禮物喔。」

「誰呀？」哥哥才問完，馬上就說：「喔，我想起來了，還有一顆黃色球，是要給管學長的。」

「也許，黃色球裡面並不是巧克力球。」裴華說。

「可是那個人沒有必要給管學長紙條吧！」我說。

哥哥拿起黃色小球搖一搖說：「聽起來像巧克力球的聲音，管他咧！拿去給他就是了。」

05 CHAPTER

挑戰者會是他嗎？

「我在想，既然禮物也要送給管學長，那麼，管學長應該就不是要跟我們玩偵探遊戲的人。」我大膽猜測。

「很難說，有可能是故布疑陣。」韓飛說。

「你是說，管學長為了減輕我們對他的懷疑，故意也送給自己一顆黃色球當禮物？」哥哥問。

韓飛點點頭說：「不管怎麼樣，我們拿去給他不就知道了。」

＊　＊　＊

走在六年級教室的走廊，感覺教室裡傳出來的笑聲和蹦蹦跳跳的聲音，比我們三年級的聲音小很多。

真奇怪，明明年紀比我們大，聲音怎麼卻變小了？教室裡幾乎都是三三兩兩，聚在一起說話的女生，大部分的男生都看不見人影。

當我們站在管學長的班級門口時，上次稱讚我可愛的學姐，正好和其他兩位學姐走出教室。

「這不是可愛的唐唐嗎？」

被學姐這麼一說，我有點難為情，臉頰微微發燙。

「你對唐唐偏心喲，不只是她，還有乖巧的裴華，和兩位帥哥學弟都來了呀！」另一位學姐說。

這幾個六年級的學姐還真會稱讚人，而且我發現，會稱讚別人的人，也都長得特別漂亮。

「對喔，校園偵探隊全員到齊，大駕光臨耶！」

由於學姐說話的聲音有點大，在教室裡面的其他學長姐，紛紛趴在窗戶盯著我們看，還有人走出來圍在我們旁邊。連走過我們身旁的人，也停下腳步，把我們從腳底到頭頂，來回「掃描」好幾次。

真不習慣被人圍著看！我在想，動物園裡面的那些動物，被人類圍著參觀時，是不是也像我一樣，覺得很不自在呢？我轉頭看看身旁的裴華、哥哥和韓飛。

裴華的頭低低的，脖子紅紅的，臉頰更是紅到發燙；而哥哥的臉上，勉強擠出一種很不自然的笑容，看起來傻傻的；只有韓飛看起來還是一樣鎮定，沒什麼變。

「你們要來調查什麼事嗎？」

「不是啦，我們要找管宇超學長。」哥哥帶著他的不自然笑容回答。

「你們想邀請管宇超，加入你們的校園偵探隊嗎？」

「嗯，感覺蠻合適的喲！他點子很多，又喜歡管閒事。」

「不過，他蠻難搞的，還是別找他加入比較好。」

「沒有啦，我們只是要給他一樣東西。」我說。

我對管宇超學長沒有什麼好感，一點也不想讓他加入。

「好，我幫你們看看，他有沒有在教室裡面？」

「管宇超外找！」學姐從窗戶探頭往教室喊，然後又轉過頭對我們說：「沒看到人影耶！」

「他沒有在教室啦！下課的時候，他都會去操場打籃球，不會留在教室。」稱讚我可愛的學姐說。

「聽『管嫂』說的準沒錯。」

「什麼『管嫂』！你再亂說，小心我揍你。」

「你們明明就是一對呀，還不承認！」

「就是嘛。對了，打是情罵是愛，你去打管宇超吧！」

稱讚我可愛的漂亮學姐，假裝生氣的掄起拳頭，往身旁兩位學姐各捶一拳。不過，與其說是出拳打人，不如說是幫人按摩吧！

原來，漂亮學姐跟管宇超學長是一對喔？真可惜，漂亮學姐長得美麗，心地又善良，為什麼要喜歡那個臭屁又自大，心腸好像也不怎麼好的管宇超學長？

「管宇超不在，你們要給他什麼東西？我可以幫忙轉交。」

一個聽起來像男生，但有點細細的聲音，從我們後面傳來，我們四個人一起回頭，是一個身高還沒有哥哥和韓飛高的學長，細細瘦瘦的身材，和他的聲音還滿搭配的。

「對呀，看你們是要交給管宇超的死黨齊瀚文，還是交給『管嫂』茵茵都可以。」一位學姐曖昧的笑著說。

「你又在胡說什麼！」茵茵學姐又出拳幫她按摩了一下。

我想起來了，上次在放學的路上，好像就是齊瀚文學長提醒大家要去看電影的事。因為他和管宇超學長走在一起時，一個那麼高，一個那麼矮，好像七爺八爺，才會讓我印象深刻。

「您是上次作文比賽，得到第一名的齊瀚文學長嗎？」韓飛突然問道。

「沒錯，他可是我們班的才子喔！」茵茵學姐說。

「什麼才子？太誇張了啦，我只是運氣好，不小心得到第一名。」

作文比賽這種事，也可以靠運氣呀？我從來都沒有作文比賽得到第一名的運氣！

應該說是，我連參加作文比賽的運氣都沒有，不過我也不在乎這種運氣啦！只要每次上作文課，能夠順利寫出作文，順利在兩堂課結束前交出去，那就已經很好運了！

「你是五年級組的第一名韓飛吧？」齊瀚文學長問韓飛。

韓飛點點頭。

「你那篇作文寫得真不錯，我看過了。」

「謝謝學長誇獎，你寫的才真的很棒！」

「都好都好，你們都是才子啦！」茵茵學姐說。

「誰是才子呀？我不在，還有才子嗎？」

管宇超人還沒有到，聲音就先到，而且還是一樣臭屁！

「笑死人了，只有你是才子呀？你的哥兒們齊瀚文不是嗎？」

「喔，瀚文呀，那當然是囉！他是貨真價實的才子，我是他不在時，才勉強稱得上的才子。」

幾個學姐聽管宇超學長這麼說，都嘻嘻哈哈笑了起來。

「與其說是才子，不如說你是數理小子。」茵茵學姐說。

「果然只有茵茵了解我！」管宇超學長得意的對茵茵學姐笑了笑。

「哇，公開放閃耶！太閃了啦，眼睛都快被閃瞎了。」一位學姐邊說邊把眼睛遮起來。

茵茵學姐和管宇超學長，還有其他人都笑了，真不知道笑點在哪裡？

從剛才他們說說笑笑開始，我就沒有一個點笑得進去。也許，三年級和六年級有代溝吧！

管宇超學長笑完以後，好像發現我們也在場，於是睜大眼睛說：

「咦，校園偵探隊全員到齊，是發生什麼大事了嗎？」

「是啊，他們要來找一個人。」茵茵學姐故作神祕說。

「找一個人？他做了什麼事？又去菜園偷拔菜嗎？」

茵茵學姐摀著嘴笑：「這個人不會做那種事啦！」

「宇超，他們是來找你的。」齊瀚文學長忍不住打斷管學長那些不好笑的笑話。

「找我？想邀我加入校園偵探隊嗎？」管宇超學長又開始嘻嘻哈哈起來。

「我們並不想邀你加入校園偵探隊。」我怕他真的想加入我們，忍不住趕快澄清。

「唐唐真可愛，說話好直接喔！不怕傷了管學長的心嗎？」茵茵學姐說。

「就是說呀！我的心受傷了，被可愛的小學妹拒絕了！」管學長誇張的摀著胸口說。

「好了，你們別鬧了，問問他們，找你有什麼事吧！」齊瀚文學長又幫我們說話了。

於是，管學長張大眼睛看著我們，這大概就是他「問」的方式吧！

「上次管學長交給我們的袋子，裡面有一樣東西，指名要交給你。」韓飛說。

「喔？有東西要給我？」管學長挑挑眉頭，「八成不是什麼好東西！」

「那個人說要謝謝你把袋子交給我們，所以送你一個禮物，禮物當然是好東西呀。」我說。

「送我禮物？我才不稀罕，送給你們好了。」

管學長要把禮物轉送給我們？這是第一次，我聽到人家要送我禮物，卻一點也不覺得高興。

「我們每個人都有禮物了，這份是你的。」我不高興的說。

「宇超，你就收下吧，不要為難學弟學妹了。」齊瀚文學長說。

「好吧，可別是什麼無聊幼稚的玩具喔！」

什麼玩具都不會比你無聊啦！我在心裡嗆管學長。

韓飛把黃色包裝紙包的小球拿給管學長，管學長拿起來搖一搖，我聽到小球裡面發出「篤！篤！篤！」的聲音。

「好可疑的聲音。」

「是兩顆巧克力球，非常好吃。」我以過來人的經驗告訴管學長。

「哇，你連裡面是什麼都知道！難道你打開偷看過？」管學長要笑不笑的看著我說。

「我和哥哥的小球都是發出那樣的聲音，打開裡面是巧克力球。」

「哈哈哈！」管學長突然大笑起來，「原來，所謂的偵探遊戲，是要你們聽包裝紙裡面球的聲音，猜猜裡面包了什麼東西呀？」管學長說完以後又大笑一次。

「管學長，不是這樣喔，我和韓飛的紙條是有任務的。」一直待

在一旁，只顧著臉紅紅、頭低低的裴華，突然說話了。但是哥哥馬上按一下她的手，暗示她不要繼續說。

「管學長，我們已經把該拿給你的東西送到了，我們要走了。」哥哥說。

「別急著走呀，你們不想看看，我的禮物是什麼嗎？」

老實說，雖然我知道是巧克力，但還是想知道正確答案。

「那你就快點打開吧！」齊瀚文學長催促管學長。

當管學長扭開白色塑膠球，裡面果然是兩顆金色小圓球。

管學長湊上鼻子聞一聞：「滿香的！看來是高檔貨喔！」

「茵茵，給你一顆。」

「哇，又公然放閃了，好甜蜜喔！」

「看不下去了。」齊瀚文學長搖搖頭，走進教室。

「我是不是見色忘友啊？小齊，這一顆給你好了。茵茵應該要減肥，給她吃一顆就好。」

齊瀚文學長背對著管學長，搖搖手、搖搖頭，茵茵學姐則狠狠捶了管學長一拳。

「管學長，我們也要趕快回教室去了。」韓飛說完，就領著我們離開六年級教室的走廊。

「謝囉！」遠遠聽到管學長這麼說。

CHAPTER 06

又被放鴿子了

「怎麼樣?你們覺得跟我們玩偵探遊戲的人，是不是管宇超學長?」離開六年級教室的走廊後，韓飛問大家。

「我覺得不像，他對於要送禮物給他這件事，好像感到很訝異。」哥哥說。

「對呀，而且他還猜是什麼無聊幼稚的玩具。」裴華說。

「有可能是假裝的呀!你看他故意稱讚巧克力很高檔，好像在稱讚自己。」我說。

「他對於裝了兩顆巧克力球，倒是一副理所當然的樣子，感覺早就準備好要分一顆給茵茵學姐。」韓飛說。

「兩票對兩票，兩個人認為是管宇超學長，兩個人認為不是。」我說。

「這樣的討論意義不大，明天傍晚，我們去紙條指定的地方看看，也許就真相大白了。」哥哥說。

* * *

第二天放學後，我們四個人還沒有走到池塘邊，就聽見大白鵝嘎嘎的叫聲，原來是三個看起來比我大的男生在和嘎嘎玩。

橘紅色的夕陽，在池塘裡映照出一顆圓圓大大的火球。

「那三個男生，看起來不像是我們要拿東西給他的人。」哥哥說。

可是，池塘邊除了他們三個人以外，並沒有其他人。

「再等等看好了。」韓飛東張西望的四處看了一下。

三個男生不知道拿了什麼草給嘎嘎吃，嘎嘎啄了一口，生氣的嘎嘎叫。

「你們餵牠吃什麼啊？」我好奇的走上前看。

「吃草呀！牠不是喜歡吃草嗎？」其中一個男生說。

「你們餵牠吃的是紫花苜蓿草嗎？」裴華也走過來問他們。

「紫花苜蓿草是什麼？」

「是鵝最喜歡吃的草啊！」裴華說。

「我們家的鵝，什麼草都吃。」另一個男生說。

「可是嘎嘎不想吃，你看，牠把草甩得到處都是。」我說。

「大概嘎嘎是比較挑嘴的鵝吧！」男生無奈的說。

天色越來越暗，水中的夕陽越來越模糊，那個要跟我們拿氣喘藥的人，還是沒有出現。

「除了餵嘎嘎吃草，還可以餵牠吃飼料。」

是誰在說話？聲音聽起來好熟悉。

抬頭一看，原來是管宇超學長和齊瀚文學長來了，說話的人是管學長。

「嘎嘎，小齊哥哥特地買了一包你喜歡吃的飼料，要給你加菜喔！」

管學長揚一揚手上的飼料，似乎很滿意自己講的笑話，自顧自的笑了。

怎麼管學長又出現了？我們四個人很有默契的互相看了一眼。

每次我們要跟那個需要幫助的人見面時，管學長就會出現，很難不讓人把他和這件事聯想在一起。

管學長把飼料倒在大白鵝嘎嘎的食盆內，原本在對那三個四年級男生生氣的嘎嘎，頭一轉，眼睛一亮，邁開兩隻短短的腳，搖頭晃腦走到牠的食盆，埋頭在裡面啄個不停。從嘎嘎的表情，可以感覺牠吃得津津有味。

「看到沒，嘎嘎多喜歡我們買的飼料呀！」管學長看著那三個男生說。

「管學長，你怎麼知道嘎嘎喜歡吃哪一種飼料？」我好奇的問。

管學長聽到我的問話，把頭轉向我們，同時也把眼睛睜得好大，好像很驚訝在這裡看到我們。

哼！還真會裝！

「咦？你們也在呀？嘎嘎的案子不是已經辦完了嗎？」

「我們路過這裡，順便來看看嘎嘎。」哥哥又在說善意的謊言了。

管學長舉起手中的飼料，回答我剛才問他的問題：「其實，我們一開始也不知道嘎嘎喜歡吃哪種飼料？試了幾次以後，終於知道牠最喜歡吃這一種。」

「管學長對嘎嘎真好，還常常買飼料給牠吃。」韓飛說。

從這一點看來，管學長的心地還算不錯。

「不是我啦！是小齊的意思，飼料也是他掏腰包買的。」

才剛發現管學長終於有優點，馬上又破功。

「齊學長以前養過鵝，所以對鵝特別有感情嗎？」

「他還養過牛、羊、豬、雞……」管學長嘻嘻哈哈的說：「哈，我是說他在開心農場養的啦！」

齊學長不理會管學長的冷笑話，表情認真的搖搖頭：「沒有養過，只是覺得嘎嘎很可愛，而且牠孤孤單單的，所以我會買飼料給牠吃，陪陪牠。」

當齊學長說嘎嘎孤孤單單時，感覺好像在說他自己。

「所以齊學長常常來這裡囉？」韓飛問。

「嗯。」齊學長點點頭，「放學後只要有空都會過來。」

「管學長也都一起來嗎？」韓飛又問。

不曉得韓飛為什麼那樣在意他們有沒有常常來？

「他呀，要看他有沒有約會了。」齊學長說。

「我哪會有什麼約會呀？只要小齊一約，就是最重要的約會了。」管學長說著拍了一下齊學長的背。

嘎嘎好像真的很喜歡齊學長買的飼料，沒多久就吃得盆底朝天。

齊學長看到食盆空了，馬上又抓起一把飼料，放到嘎嘎的食盆裡。

嘎嘎看到齊學長走過來，轉頭對他叫了兩聲，這兩聲聽起來，和牠凶巴巴對那三個男生的叫聲完全不同，比較像是在和老朋友打招呼，如果翻譯成人類的語言，應該就是：「你好啊！老朋友。」

齊學長伸出手摸摸嘎嘎的頭，我沒看錯嗎？脾氣不太好的嘎嘎，平常除了校工伯伯以外，幾乎沒有人可以碰牠。聽說，牠還咬過想和牠玩的兩個男生。

「小齊來了呀！」校工伯伯遠遠走來，就揮揮手跟齊學長打招呼。

「哎喲，你們也都來了呀！」校工伯伯走近了以後，開心的對我們點點頭。

「嘎嘎，這麼多好朋友來看你了喲。」校工伯伯對埋頭在食盆裡的嘎嘎說，「吃什麼東西那麼起勁啊？」

「是小齊新買的飼料，上次嘎嘎很喜歡吃這種飼料，所以小齊又買了。」管學長說。

「又讓小齊破費了，真不好意思。」

「不會啦，嘎嘎喜歡吃，我就很高興了。」

校工伯伯看到食盆旁邊散落一地的草，轉過頭對我們說：「這些草是你們帶來的嗎？」

「不是啊！是那三個男生帶來餵嘎嘎的。」我趕緊跟校工伯伯解釋。

「是我帶來的啦！」其中一個男生說：「我們家的鵝都會吃這種草，所以我帶一些餵嘎嘎吃。」

「謝謝你喔，嘎嘎的嘴大概被小齊的飼料養刁了，不愛吃那些草，你們以後不要再帶來囉。」

「喔，知道了。」三個四年級男生似乎覺得很無趣就先離開了。

「我也要再去巡視一下校園，不陪你們囉！」校工伯伯說完也離開了。

「小齊，我看嘎嘎吃得差不多了，我們也走吧！」

齊學長點點頭，又摸了一下嘎嘎的頭。

「我要回去了喔，有空再來看你。」

齊學長真是個情感豐富的人，他跟嘎嘎講話的樣子，就像嘎嘎是他的朋友一樣。

「你們還不走嗎？」管學長一邊拍拍手上的飼料渣，一邊問我們。

「喔，我們還有點事，待會兒就要走了。」哥哥說。

大家都離開以後，嘎嘎也進去牠的小木屋了。

「天快黑了，我們也走吧。」裴華小聲的說。

「可是那個人還沒有出現耶！」我猶豫的看著哥哥和韓飛。

我的心裡其實也想離開，因為等到最後一點陽光都消失，四周看起來朦朦朧朧時，就會讓人產生「黑暗中不知道躲藏了什麼」的害怕。

「他應該是不會來了。」韓飛說。

「可惡，又放我們鴿子！」哥哥踢踢地上的石子說。

「你們覺得，管學長是不是那個和我們玩偵探遊戲的人？」韓飛問大家。

「他真的很可疑耶，每次我們要去紙條寫的地方等人，就會看到管學長。」我說。

「對呀。」裴華點點頭。

「可是我剛才問他們，為什麼今天會來池塘邊時，發現他們不是今天才來，而是平時就常常來了。」韓飛說。

難怪韓飛剛才一直問他們，是不是常常來。

「你的意思是，我們是碰巧在這裡遇到管學長，而不是他刻意來的？」哥哥問韓飛。

「應該是這樣。」

「撇開管學長不說，那個人到底為什麼又不出現？這樣要怎麼繼續呀！」哥哥的語氣充滿不耐煩。

原本安安靜靜待在小木屋的嘎嘎，突然嘎嘎叫，嘴巴好像在啄什麼東西，發出「兜！兜！兜！」的聲音。細細的脖子，東搖西晃那顆小小的頭，好像越啄越心急。

我們忍不住靠過去看，原來是在啄一個牛皮紙袋。

「怎麼會有牛皮紙袋在那裡？萬一嘎嘎吃下去，那就糟了！」我說。

「對啊，肯定會消化不良。」裴華也擔心的說。

我伸出手，想拿走紙袋。

「小心被牠啄到手！」哥哥邊說邊拉住我的手。

「先拿別的東西吸引牠的注意，再趁機拿走紙袋吧。」

韓飛說著，走過去拿起嘎嘎的食盆，放在小木屋門口，嘎嘎一看到牠的食盆，立刻丟下牛皮紙袋，搖搖晃晃走過去。

躺在小木屋的牛皮紙袋，有些地方已經被嘎嘎啄破了，還有溼溼的口水痕跡。

我才伸出手，韓飛的手已經伸得比我長，一把拿走牛皮紙袋。

「動作要快，免得被嘎嘎發現。」

韓飛一拿起牛皮紙袋，突然「咦？」了一聲，嘎嘎這時已經發現食盆是空的，於是把目標轉向我們。

「快走，嘎嘎可能生氣了。」哥哥緊張的說。

上次被嘎嘎咬到腳的哥哥，似乎餘悸猶存，說完就帶頭跑了，我們也跟著一起往前跑。

我邊跑邊回頭看一眼，小木屋、池塘、嘎嘎，都已經被夜幕籠罩了。

07
CHAPTER

差點被咬爛的線索

由於衝得太快，哥哥跑出校門口以後，扶著人行道上的椅子不停的喘氣，等到哥哥可以說話的時候，竟然是說：「我不玩了！」

哥哥生氣的拾起地上的石頭，再用力摔在地上，無辜的石頭彈跳了好幾下。

「什麼嘛？一直耍我們，老是放鴿子！」

「也許他只是想跟我們開玩笑。」裴華說。

「哼！一點也不好笑。」

「既然沒有等到人，這個偵探遊戲是不是就結束了？」我無奈的說。

雖然我也不高興被放鴿子，但是比起生氣，我其實更失望。遊戲不是才剛開始嗎？怎麼就這樣莫名其妙的結束了？

「走吧，回家了，顯然是有人在耍我們，『校園偵探隊』解散好了。」哥哥像顆洩了氣的皮球，無精打采的說。

「我贊成。」裴華馬上接著說。

雖然我覺得有點可惜，但是四個人如果少了兩個，好像也不成「隊」了。我看著一直沒有說話的韓飛，希望他能說點什麼。

「大家不用那麼快就放棄，那個人並不是在耍我們，他其實留了線索給我們。」韓飛終於說話了。

韓飛說著，舉起牛皮紙袋，在我們面前晃一晃。

「牛皮紙袋？」哥哥皺著眉頭說。

「我記得那個牛皮紙袋！是被嘎嘎啄得有點破爛的那個嗎？」

我想起韓飛剛才「咦？」了一聲。

「沒錯！」韓飛點點頭。

「你怎麼知道，牛皮紙袋是那個人留給我們的線索？」哥哥問。

「你們看……」韓飛把那個被嘎嘎咬的破破爛爛的牛皮紙袋，翻到背面給我們看。

在牛皮紙袋上面寫著「給校園偵探隊」這幾個字，其中的「園」和「隊」這兩個字，都已經被嘎嘎咬的看不清楚了，但我猜應該是這兩個字。

「又是紙袋！裡面不會又裝了巧克力球吧！」哥哥嘲諷的說。

我拿起紙袋，搖一搖，晃一晃。

「裡面好像什麼都沒有。」

裴華也拿起來搖一搖。

「感覺還是有東西，好像是紙片、紙條什麼的？」

「越來越小氣了，之前還有巧克力吃，現在就只剩紙張了。」哥哥也拿過紙袋晃了兩下，接著睜大眼睛說：「搞不好是紙鈔哦。」

「最好是啦！」我說。

如果裡面真的是錢，我也不會特別高興。我想要的是一個遊戲，一次冒險。

「別亂猜了，拆開來看吧！」韓飛說。

路上的街燈已經點亮了，夜幕幾乎籠罩了整條街道，店家也紛紛打開了燈。

韓飛打開後，匆匆看了一眼，然後又摺起來。

「好像寫了不少字，在這樣的光線下看不太清楚。」

「不然去我家看吧。」我提議。

「是啊！看完後我們可能還要討論一下。」哥哥也說。

韓飛點點頭說：「我沒問題。」

「裴華可以嗎？」哥哥問裴華。

「會待很久嗎？」裴華猶豫的問。

「裴華來我們家以後，先打通電話跟你媽媽說一聲，等你要回去的時候，我和哥哥再陪你回家。」

「我自己送裴華回去就可以了。」

哥哥只有對這種事最熱衷，還不要我當電燈泡。

＊　＊　＊

回到家已經快六點了，這個季節天黑得比較快。

「怎麼這麼晚才回來？天都快黑了。」

媽媽聽到我們開門的聲音，從廚房探出頭來。

「唐媽媽好！」韓飛和裴華向媽媽問候。

「韓飛和裴華都來了呀，我今晚做了咖哩飯，還有羅宋湯，你們留下來吃完晚餐再回去吧！」

「好棒喔，我最喜歡吃媽媽煮的咖哩飯了！」我開心的說。

「今天怎麼會煮爸爸最喜歡的羅宋湯呢？」哥哥問。

媽媽微微一笑，這個笑容未免也太幸福了吧！

「爸爸今天要回來吃晚餐嗎？」

爸爸已經出差快一個月了，感覺好久沒有見到他了。

「難得唐爸爸在家吃晚餐，我們不方便打擾吧！」韓飛說。

「說什麼傻話，你們又不是陌生人，唐爸爸最喜歡跟你聊天了。」

「唐媽媽，那我不要留下來吃晚餐吧！我沒有跟媽媽說。」裴華說。

「裴華當然要留下來，我來打電話給你媽媽。不但唐媽媽喜歡溫柔美麗的裴華，唐爸爸也很喜歡你喔。」媽媽微笑的看著裴華說。

裴華聽了，高興得笑出了酒窩。

「還有我哥哥更喜歡你。」

裴華聽到我說的話，臉頰立刻染上一抹紅暈。

「你就沒有別的話可以說了嗎？」哥哥有點害羞的責備我。

在等爸爸回到家，媽媽準備晚餐的空檔，我們四個小偵探，聚集在客廳「辦案」。

韓飛再度拿出破爛的牛皮紙袋，從裡面掏出剛才匆匆看了一眼的紙條，然後把紙條攤開放在茶几上。

我才剛湊過去看，哥哥就一把搶走紙條。

「我來念給大家聽，這樣擠在一起，不太容易看。」

「好，你念。」韓飛說。

「你們看到這張紙條的時候，就表示我沒有出現。抱歉，因為池塘旁邊人太多了，我不方便出現。」哥哥看著紙條念。

「這麼說來，他其實已經到過池塘，是因為看到池塘那邊的人太多，才寫這張紙條的囉！」韓飛沉思了一下說。

「那時候除了我們四個人，還有三個男生，以及管學長和齊學長。如果他也到過池塘邊，那麼他是不是這五個人其中之一呢？」我認真

的提出我的推理。

「這有什麼好猜的？他不是那五個人其中之一，難道會是我們四個人其中之一嗎？」哥哥顯然對我的推理一點也不捧場。

「有沒有可能，他不是這五個人其中之一呢？」裴華也提出了她的意見。

「是有可能，但是這樣一來的話，他是什麼時候出現在池塘邊的呢？」哥哥說。

「有可能是在我們去之前他就到了。」韓飛回答。

「所以說，在我們到池塘以前，他就已經到了。一看到人很多，就決定躲起來，然後寫好紙條裝進牛皮紙袋，再偷偷放進嘎嘎的小木屋囉！」我再度發揮推理的功力。

「這是在假設，如果他不是那五個人其中之一的情形。」韓飛說。

「但我還是認為，他是那五個人其中之一，因為我們是按照約定的時間，甚至還提早一點就到了，他怎麼可能比我們還早到？」我不死心的繼續追問。

「如果他是那五個人其中之一，那麼他是什麼時候放那個牛皮紙袋的？」韓飛問。

「有兩種可能性，一種是在我們到達以前，另一種是在我們到達以後。」哥哥說。

「我們到以前，只有那三個男生喔，管學長和齊學長是在我們之後才到的。」裴華提醒哥哥。

「嗯，那就假設，牛皮紙袋是在我們到了以後才放的。」哥哥說。

「我們到了以後，有誰接近過嘎嘎的小木屋？」韓飛又問。

「那三個男生餵草給嘎嘎吃的時候接近過，還有管學長和齊學長拿飼料給嘎嘎吃的時候，也接近過。」我回答。

「這麼說來，他們五個人都有機會放那個牛皮紙袋。」韓飛說。

「不過，牛皮紙袋並不小，為什麼我們沒有看到他放呢？」哥哥問。

「如果想要不讓人看見，就會想辦法遮掩呀！」我隨口回答。

雖然這是我的胡亂猜測，但我覺得還蠻有道理的，果然韓飛也點點頭。

沒想到，哥哥卻不以為然的說：「說了等於沒說！」

每次都跟我唱反調的哥哥，究竟是不是我的哥哥呀！

「不過，猜那個人是誰不是重點吧？重點是，他的偵探遊戲要怎麼玩下去呢？」哥哥說。

「紙條上只有告訴我們，他為什麼沒有出現？沒有其他的線索了嗎？」裴華說。

「所以應該不只寫這些吧？」我說。

「紙條上就只有寫這幾個字，總不會有些字還要泡在水裡才看得見吧！」哥哥毫不在乎的抖一抖紙條。

「我看看。」韓飛伸手拿過紙條，正面、反面、上面、下面，仔仔細細看了一遍。

「你們看，這裡有一行小字。」韓飛說。

「在哪裡？」哥哥湊過頭去看，我和裴華也好奇的湊過去看。

在哥哥剛才念的那些字背面的左下角，密密麻麻寫了一些字。

「好賊喲，這些字躲在這裡，誰看得到啊！」哥哥抱怨道。

「到底寫了什麼啊？看都看不清楚。」我看了老半天，也認不出那些字。

「我來念給大家聽，」韓飛把紙條拿近以後，一個字一個字念：「其實，紅色球裡面並不是氣喘藥，而是一道謎題，謎底是氣喘藥擺放的地方。」

「哇塞，又被耍了！一直在跟我們兜圈子！」哥哥又不高興了。

「我倒覺得這樣挺有意思，不是一下子就亮出底牌，故布疑陣才有挑戰性。」韓飛說。

我也覺得這樣兜圈子，才能玩得比較久，比較刺激啊！

「你喜歡就好。對了，那顆紅色球呢？」哥哥問韓飛。

「在我的書包裡。」韓飛說著，開始翻他的書包。

「找到了。」他拿出紅色球後搖了兩下，「原來不是藥啊，難怪搖起來沒有聲音，也沒有什麼重量。」

「我也搖過，沒有聲音，還以為是藥粉。」哥哥說。

「等一下！」韓飛突然說。

「怎麼了嗎？」我有點訝異，因為韓飛很少這麼大驚小怪的。

08 CHAPTER

讓人一頭霧水的謎題

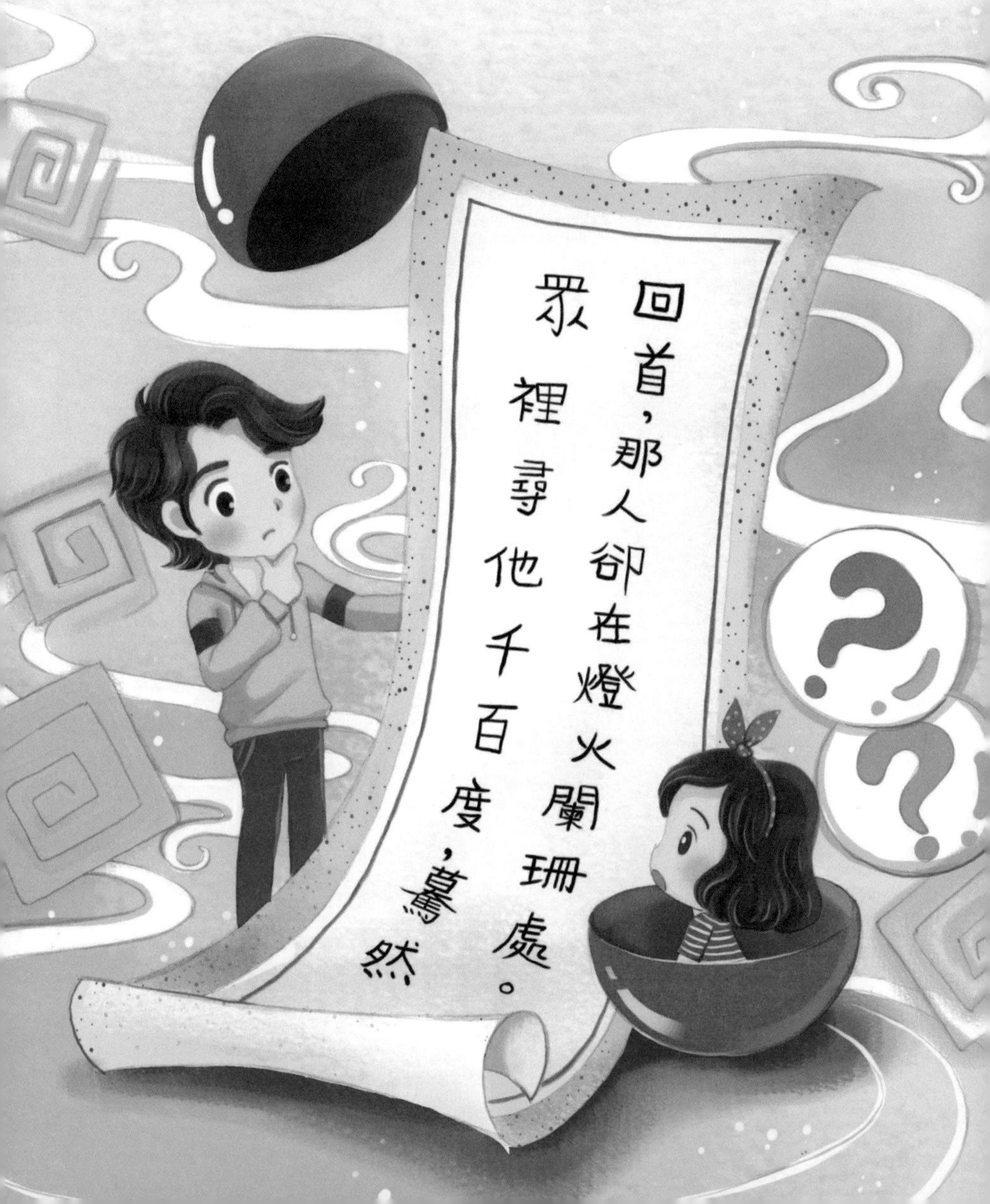
回首，那人卻在燈火闌珊處。
眾裡尋他千百度，驀然

「我覺得，整個過程他都已經安排好了。」韓飛說。

「什麼意思？」我問。

「包括把牛皮紙袋放入嘎嘎的小木屋，也是他計畫的一部分，他並不是臨時看到那麼多人才沒有出現，而是他早就計畫不出現了。」

「所以，他才沒有把氣喘藥裝進紅色球裡面，對吧？」哥哥說。

「沒錯。」

「所以我說，他在跟我們兜圈子嘛。」哥哥氣得臉紅脖子粗的說。

「是故布疑陣，韓飛說過了。」我說。

「好吧，故布疑陣，那就打開紅色球，看看裡面布了什麼疑陣？」哥哥說。

韓飛扭開紅色塑膠球時，一張摺得小小的紙條掉了出來。

裴華撿起掉在她腳邊的紙條，準備遞給哥哥。

「你打開念吧。」哥哥說。

裴華把摺得小小的紙條打開，盯著上面的字看，看著看著皺起了眉頭。

「怎麼樣？寫了什麼？」哥哥問。

裴華搖搖頭，把紙條遞給哥哥。

「意峰哥念吧，紙條上好幾個字我看不懂。」

哥哥接過紙條，看著上面的字慢慢念：「眾裡尋他千百度，驀然回首，那人卻在燈火闌珊處。」

「這是什麼意思？」我覺得有點莫名其妙，不是要告訴我們謎題，讓我們猜出謎底嗎？怎麼會寫這些讓人看不懂，也聽不懂的句子？

「這是一首古詩詞其中的一段。」韓飛說。

「該不會，這就是謎題吧？」哥哥說。

「應該是。」韓飛又仔細看了看紅色塑膠球，「裡面沒有其他紙條了。」

「這下，偵探遊戲變成鬥智遊戲了。」哥哥說。

「這要怎麼猜呀？我們根本就不知道，那首古詩詞是什麼意思啊！」我著急的說。

「不知道哪首詩的意思？爸爸來教你。」

爸爸不知道什麼時候，已經打開大門，聲音從玄關處傳了過來，我和哥哥馬上衝到玄關迎接爸爸。

「好久不見了，爸爸。」我開心的說。

「這樣子打招呼聽起來怪怪的。」爸爸摸摸我和哥哥的頭，還輕輕捏了一下我的臉頰。

爸爸一踏進客廳，韓飛馬上站起來打招呼。

「唐爸好。」

「韓飛來了呀，好久沒看到你了，又長得更高、更帥了喲！」爸爸看著韓飛，邊笑邊點頭。

「沒有啦。」韓飛有點不好意思的說。

「唐爸好。」裴華小聲的打招呼。

「喔，是……裴華，對吧？裴華小美女也來了呀！」

裴華的臉上害羞的染上兩朵小紅暈。

爸爸真會說話，我看韓飛和裴華都很開心的樣子。

「你們剛才在聊哪一首詩啊？」爸爸問我們。

媽媽一聽到爸爸說話的聲音，邊走出廚房，邊脫下圍裙擦擦手。

「你回來啦，先去洗手洗臉，準備開飯囉！」

「你們都要留下來陪唐爸吃飯喔！」

爸爸走向浴室時，特別轉過頭，對著韓飛和裴華說。

「會的會的，大家一起吃比較熱鬧，你快去洗吧，我們都在等你。」

* * *

咬一口羅宋湯裡鮮嫩的牛肉，再喝幾口酸中帶甜，香味四溢的湯，我忍不住伸出舌頭舔舔嘴角。

「爸，『眾裡尋他千百度，驀然回首，那人卻在燈火闌珊處。』

是什麼意思？」

哥哥舀了第二碗羅宋湯後，剛坐下來就問爸爸這個問題。

「古詩詞啊！這個你媽媽應該比我懂。」爸爸轉頭看媽媽。

「嗯，這首我剛好知道，這是辛棄疾寫的，這幾句是第三段。」

「什麼意思呢？」我迫不及待的問。

「意思是，在很多人裡面，尋找一個女生，找了好久都找不到，忽然回頭一看，那個女生就在燈光幽暗的角落裡。」媽媽不疾不徐的解釋給我們聽。

「寫這樣的詩給我們，是要我們怎麼猜呀？」哥哥皺著眉說。

「誰寫這首詩給你們？」爸爸問。

「學校裡有人和我們玩鬥智遊戲，他用這首詩當謎底，要我們找出一樣東西。」韓飛回答。

「謎底是指那樣東西藏的地方嗎？」爸爸問。

韓飛和哥哥不約而同的點點頭。

「嗯，有意思，我也來想一想。」爸爸放下他最愛的羅宋湯，認真的思考起來。

「詩裡面的『尋』字，我感覺和我們要找尋的東西有關。」哥哥說。

「我覺得，最後兩句好像在暗示，東西可以在哪裡找到？」韓飛也接著說。

「哇，你們兩個的推論都很棒！也給了我一個靈感。」爸爸說的眼睛直發亮。

我聽得津津有味，當然，也吃得津津有味。

「把那首詩裡面的『女生』，換成你們要找的『東西』來想。」

爸爸的聲音聽起來很興奮，我們都等著爸爸繼續說下去。

「在很多個『一樣的物體』裡面，找尋那個東西，最後在某個物體附近找到。」爸爸說。

我伸長脖子聽了半天，結果越聽越迷糊，脖子也酸了，轉頭一看，裴華也是無動於衷的樣子，她應該也和我一樣聽不懂吧。

沒想到，韓飛卻興奮的嚷著：「我懂了，也許是在很多樹的地方，而東西藏在其中一棵樹底下。」

「也許是學校的停車場，而東西藏在其中一輛車底下。」哥哥接著說。

「你們兩個都很聰明，能夠舉一反三，沒錯就是這樣。」

「很多樹，很多車的地方，範圍都太大了，這首詩應該還有更細微的暗示。」媽媽也加入了推理。

「那個女生在燈光暗的地方被找到，那麼是不是那個東西，也會在燈光暗的地方被找到呢？」我喝下最後一口羅宋湯後說道。

「說的好！很可能是藏在比較昏暗的燈光下。」韓飛說，「這樣比較符合這首詩的暗示。」

「唐唐很厲害哦！」爸爸摸摸我的頭誇獎我。

就說我的推理能力很強嘛！

「學校的燈很多耶！教室、走廊、校園……到處都有燈。」裴華說。

「也許可以先把『教室的燈』這一項刪除。」韓飛提議。

「為什麼？」

「教室分布的範圍太廣了，我覺得，他不可能會把東西藏在其中一間教室，因為那樣根本就找不出來，我們要去哪一間教室找啊？」

「廁所也可以刪除，那個東西藏在廁所不好吧！」我說。

把藥藏在廁所……想起來就覺得很奇怪。

「而且，廁所還分男廁和女廁，到底是哪一種呢？他只是想考考我們，最後還是希望我們能找到，所以難度應該不會太高。」哥哥說。

「還有，廁所每天都會有人打掃，很可能被打掃的同學發現，然後拿去丟掉。」裴華也跟著附和。

「這麼說來，要朝沒有人打掃的地方去想囉。」

「不可能，學校每個地方都有班級負責打掃。」

「雖然都有人打掃，但也有些地方不會被打掃到。」我說。

「嗯，不會被打掃到的地方，才有可能藏東西。」韓飛說。

「那就想想，有哪些地方沒有被打掃到？」哥哥說。

哪些地方沒有被打掃到啊？……我撓撓頭，感覺腦袋一片空白，也不是空白啦，是滿腦子咖哩飯和羅宋湯。在餐桌上討論這種事，實在不怎麼搭配。

「我建議你們明天去學校再仔細觀察。」爸爸說。

「學校那麼大，要怎麼觀察？」哥哥問。

「先刪除不可能的地方，再一個一個觀察可能的地方。」

「嗯。」哥哥的聲音聽起來不怎麼有信心。

「要不要我陪你們去觀察？」爸爸興致勃勃的說。

「不用了啦，我們先自己去看，如果找不到，再請爸爸幫忙。」哥哥說。

＊　＊　＊

放學後，我們四個人在校園裡到處逛，想找個比較可能藏東西的地方。然後等天黑了，燈亮起來時，再觀察哪裡是燈光照不到，昏暗的地方。

「要從很多燈的地方，找一個昏暗的角落，然後再從昏暗的角落，找出藏起來的氣喘藥，難度也太高了吧，就像大海裡撈針。」哥哥一副無奈的表情說。

大海裡撈針？沒那麼難吧！海多大，針多細呀！而且海水波動起來，針還會飄來飄去。

「天黑以後會亮燈，而且我們可以隨意接近的地方，就只有教室以外的地方了。」韓飛說。

「我們大概沒有辦法，一個晚上就觀察完所有的地方。」哥哥有點無奈的說。

討論的結果，我們今天先選定操場、菜園附近，以及池塘四周來觀察。

「先從範圍小的地方開始觀察好了。」韓飛說。

燈剛開始亮起來的時候，我們先觀察了範圍比較小，路燈比較少的菜園和池塘四周，但是我們仔仔細細找了半天，什麼都沒有發現。

我們四個人很有默契的，都帶了手電筒，四隻手電筒的光線集中起來，比路燈還要亮。

「範圍小的菜園和池塘都找不到，整座操場那麼大，應該更難找了。」哥哥一邊把手電筒對著自己做鬼臉，一邊沮喪的說。

「四周越來越暗了，意峰哥哥不要做鬼臉啦！好可怕喔！」裴華把頭撇開說。

「今天是第一次觀察，我們再去操場四周看看吧，不要太晚回去。」韓飛說。

一走到廣闊的操場，我突然有「大海」的感覺了。

「操場四周，燈光照不到的昏暗地方更多，兩個人一組，分頭去找吧！」哥哥說。

「等一下！」韓飛環顧著整座操場的燈，從左邊向右邊看一圈，又從右邊向左邊看一圈。

「會不會……」韓飛喃喃自語。

「怎麼樣？」

「會不會，不是燈光照不到的地方?而是壞掉的燈……」

我還是沒聽懂，其他人也沒有反應，於是韓飛舉起右手，伸出食指，指了一盞忽明忽滅的燈說：「會不會藏在那盞壞掉的燈下？」

09 CHAPTER

志山中社區探險

「走，我們過去看看！」哥哥說。

於是我們三步併成兩步，往那盞燈光一閃一閃的路燈跑過去。

燈座下的雜草長得好高喔，可見外掃區的人都沒有認真拔草，我們四個人用手電筒，集中照在燈座的四周。

「有了，這裡好像有東西！」哥哥的聲音似乎興奮得有些發抖。

我也看到了，靠近燈座的地方，幾乎被長長的雜草覆蓋，但是隱隱約約有個牛皮紙袋的一角，從雜草縫隙中露出來。

哥哥伸手過去抽出那個紙袋，然後搖一搖，紙袋發出「扣！扣！扣！」的聲音。

「裡面應該就是氣喘藥。」哥哥說。

「你打開吧！」韓飛說。

哥哥撕開封口，拿出一個透明的小瓶子，裡面有幾顆藥丸。

「氣喘藥找到了，可是要拿給誰呀？」哥哥說。

「看看紙袋裡還有沒有其他的線索？」韓飛說。

哥哥又把手伸進紙袋，接著抽出一張紙條。哥哥把紙條攤平後，我們幫忙用手電筒照在紙條上。

「這是第二道謎題，謎底是需要氣喘藥的人住的地方，他會在那裡等你們，請你們把氣喘藥送過去。」

有了上一次的經驗，這次哥哥馬上把紙條翻過去，找找看背面還有沒有字？

「找到了，又是一些很不容易發現的小字！」

哥哥睜大眼睛，念給我們聽：「松下問童子，言師採藥去，只在此山中，雲深不知處。」

「又是一首詩喔？」我問。

韓飛點點頭，說：「是唐朝賈島的〈尋隱者不遇〉。」

「喔，我想起來了，老師教過這首詩。」哥哥說。

「既然你們兩個人都知道，那就解釋給我們聽吧！」我和裴華聽得一頭霧水。

「我在松樹下問一個小孩子，你的師父到哪裡去了？他說去採藥了，我只知道他在山裡面，但是雲層太厚，看不出來他現在在哪裡？」哥哥說。

「跑到山裡面採藥啊？我懂了，需要氣喘藥的人住在山裡面！」我大膽推測。

「住在山上？是有這個可能，但是這個範圍未免也太大了，這首詩裡面應該有比較明確的地址。」韓飛說。

「地址的話一定會有數字，像是幾號幾樓？這首詩裡面又沒有。」裴華有點沮喪的搖搖頭。

「這首詩五個字一句，一共有四句，會不會是五號四樓或四號五樓？」哥哥看著紙條猜想。

「也有可能是五乘四等於二十，他住在一樓的二十號。」韓飛也跟著推測。

「就算幾號幾樓猜出來了，也不知道是在什麼路？什麼巷弄？」我說。

「所以，這樣猜是沒有意義的，今天就到此為止，天黑了回家吧！」

回去以後，我們每個人再認真想想。」韓飛說。

＊　＊　＊

才剛進門，爸爸就迫不及待問我和哥哥。

「怎麼樣？謎題破解了嗎？」

我們不約而同點點頭。

「真的？太厲害了，藏在哪裡呢？」

「操場上有一盞路燈的燈泡壞掉，藏在光線昏暗的燈座下面。」

「果然是在『燈火闌珊處』，你們怎麼想到的？」

「我們先找菜園和池塘附近，燈光照不到的黑暗角落，結果找不到，然後就去操場找。」我說。

「一看到操場那麼大，我們本來打算兵分兩路去找，結果韓飛突然發現，有一盞燈特別暗……」哥哥還沒有說完，爸爸就接著說：「所以他就想到，也許藏在那盞暗暗的燈下面？」

「對呀。」我點點頭。

「韓飛真是太聰明了！」爸爸微笑著讚許。

「那有什麼？如果我看到那盞特別暗的燈，也會想得到呀！」哥哥頗不以為然的說道。

「最好是啦，那你為什麼沒有發現那盞特別暗的燈？」

「因為我只想著要趕快找啊！」哥哥有點生氣的反駁我。

「但是韓飛卻想到要先觀察四周。」

「對啦，你的韓飛哥哥最厲害了啦！」哥哥說完後，頭也不回的朝他的房間走去。

哥哥就是喜歡和韓飛爭第一，找到氣喘藥是一件多麼開心的事啊，哥哥竟然為了沒有先找到而生氣。

如果是裴華先想出來的，我一定不會生氣，東西找到才重要，不是嗎？

「唐唐，你就不要說那些會讓哥哥不高興的話嘛！」

「我說的是事實啊！」

「他們兩個人各有所長，而且你哥哥和韓飛雖然感情很好，但多少有一點『瑜亮情結』。」

聽到「瑜亮情結」這麼文縐縐的話，我突然想起那首詩，於是告訴爸爸說：「那個人接下來又出了一道謎題，謎底是他的地址，他要我們去那個地址找他。」

「哪一道謎題？」

「好像是……松樹……採藥什麼的？」我只記得這麼多了。

「是『松下問童子，言師採藥去，只在此山中，雲深不知處。』」

哥哥不知道什麼時候又來到客廳，講完這首詩以後，就嗆我：「自己腦袋不靈光，還敢批評別人！」

「謝謝意峰告訴我，不過唐唐也不是腦袋不靈光，她只是還沒有學過那首詩。」

還是爸爸疼我，會出言替我緩頰。

「就是呀，我們老師又沒有教。」

「爸爸，這次更難了，不知道線索在哪？」

「……嗯。」爸爸托著下巴，很認真的在思考。

「爸爸，這首詩裡面，是不是藏了路名？」

「你能想到這一點，很不錯哦！」

「但是，我把詩裡面的字拆開來拼湊，湊了老半天發現，這附近並沒有這樣的路名。」

「爸爸在想，會不會是範圍比路名還要小？」

「範圍比路名小？那是什麼？」哥哥不解的問。

「社區名稱嗎？」我說。

爸爸聽到我突然冒出這句話，微笑的摸摸我的頭說：「唐唐說對了。」

「社區名稱啊！太好了，這個方向更明確了，明天和韓飛討論看看。」哥哥開心的大叫起來。

* * *

「太帥了！謝謝唐爸點出『社區名稱』這條線索，這樣範圍就小多了。」

當哥哥告訴韓飛那首詩裡面，可能是指出社區的名稱時，韓飛高興的和哥哥擊掌歡呼。

放學後，我們四個人就在池塘邊，開始進行拆字的腦力激盪。「松子」、「童言」、「採藥」、「山中」、「雲深」……，我們想出好幾個名稱，但都不像是社區的名稱。

「不如我們找個時間去調查，這附近有哪些社區？」哥哥提議。

聽起來蠻難的，就算騎腳踏車去找，也不是一、兩天可以調查得完的。

「嗨，又遇到校園偵探隊了，你們在討論什麼案件嗎？」

背後傳來熟悉的聲音，轉頭一看，又是管學長和齊學長。

「沒有啦，聊聊天而已。」韓飛說。

「是喔？」管學長有點懷疑的挑挑眉毛。

齊學長拿著飼料走向嘎嘎的小木屋，原本安安靜靜待在小木屋裡的嘎嘎，一看到齊學長走過去，馬上開心得「嘎！嘎！」叫。

「餵好了嗎？社區巴士快來了！」管學長催促著齊學長。

「快好了。」齊學長頭也不抬的說。

「啊，來了來了，快走吧！」管學長踮起腳尖，向池塘邊的圍牆外眺望。

齊學長兩手往褲管上拍一拍後，和管學長一起快步走過去。

「bye！bye！」齊學長親切的回頭跟我們揮揮手。

他們走了一會兒之後，韓飛突然跳下長椅說：「啊，社區巴士，我們快走！」

雖然我不知道發生了什麼事，但還是快步跟著韓飛走。

圍牆外的學校後門，停了兩輛社區巴士，因為我們學校有學生住在那兩個社區，而那兩個社區離學校比較遠，所以上下學都有社區巴士接送。

我們出來的時候，「尚禮社區」、「松雲社區」兩輛社區巴士，正在發動引擎準備開走，因此沒有看到管學長和齊學長上了哪輛社區巴士。

「韓飛，你想知道管學長和齊學長住在哪個社區嗎？」哥哥問。

「不是，我是想知道，這兩輛社區巴士，是什麼社區的車？」韓飛搖搖頭說。

「為什麼？」

「據我所知，這兩個社區都在山上，而我們要找的人也住在山上。」韓飛說。

「尚禮、松雲……」哥哥低頭喃喃自語。

突然間，他拍了一下自己的頭，大聲嚷：「啊！松雲社區。」

「沒錯！松雲社區。」韓飛也很激動的說。

松雲社區怎麼了？難道埋了什麼寶藏或炸彈嗎？為什麼他們兩個人的反應，都這麼誇張！

「松下問童子，言師採藥去，只在此山中，雲深不知處。」裴華

松雲社區巴士

小聲的念誦那首詩。

裴華真不簡單，竟然整首詩都會背了，但她幹麼突然背起詩來？

「這首詩有『松』和『雲』兩個字欸！」這次換裴華露出發現新大陸的表情。

「沒錯，他就住在松雲社區。」哥哥開心的說。

原來如此啊！看來只有我後知後覺。

「可是，松雲社區的巴士已經開走了。」裴華說。

「沒關係，可以請我爸爸開車載我們去。」我提議。

「可以喔，爸爸對這件事很有興趣，他應該會願意載我們去。」

哥哥點點頭說。

「可是，唐爸跟我們一起去不好吧，畢竟這是我們小孩子之間的

事情啊！」韓飛似乎有點顧忌。

「可以告訴我爸爸，載我們到松雲社區以後，就請他先回去。」

「爸爸一定會不放心丟下我們的。」我說。

「不要告訴爸爸，我們要去做什麼，就說是要去松雲社區找同學玩就好。」

「那回程怎麼辦？」裴華問。

「不用擔心，我們可以搭他們的社區巴士回去啊！」哥哥說。

＊　＊　＊

「你們同學住在這麼氣派的社區啊！」

到了松雲社區的大門口，爸爸的手放在方向盤上，抬起頭打量社區宏偉的赭紅色大門。

「謝謝唐爸，我們下車了。」韓飛好像怕爸爸會留下來似的，說完就帶頭下車，我們也跟著下車。

「回程如果需要我接，再打電話給我。」爸爸搖下車窗對我們說。

我忍不住摟著爸爸的脖子，親了他一下。

之所以做出這麼肉麻的舉動，那是因為每次遇到危險的狀況時，我就會捨不得和爸爸媽媽說再見。

這次，我們四個人來到這個陌生的山上社區，不知道會遇到什麼可怕的事情？

10 CHAPTER 竟然是他！

站在宏偉、寬敞又高大的赭紅色大門外，我不禁覺得我們四個人，好像誤闖了森林中的神祕古堡，只是不知道古堡裡面有沒有壞巫婆，和被囚禁的公主？

「我們又不知道那個人的名字，要怎麼找他？」裴華的話打斷了我的胡思亂想。

「這個問題我想過，我們可以告訴警衛，要找一位我們學校的學生，因為可以確定的是，他一定是我們學校的學生。」哥哥提議。

「萬一有好幾個我們學校的學生呢？」我問。

「那就再進一步說，是高年級的學生。」韓飛說。

「你確定嗎？」我問。

「字體感覺像高年級寫的，而且能夠想到那些謎題，和那種兜圈子的鬥智遊戲，也不像是中低年級的學生。」韓飛回答。

「嗯。」哥哥點點頭說：「如果還要再詳細一點，我覺得是六年級的。」

「因為他學過那麼多古詩，而我們還沒有學過，是嗎？」韓飛問。

哥哥又點點頭說：「沒錯。」

「也有可能是他有興趣，自己學的呀。」我說。

「是有可能，但如果為了縮小範圍，可以先猜六年級的學生。」韓飛說。

「還有，是男生。」我提醒他們。

「為什麼？」哥哥問。

「我們上次討論過了，男生比較喜歡玩探險、猜謎、鬥智之類的遊戲，不是嗎？」

「嗯，我也覺得是男生。」韓飛說。

「好吧，那現在有三個線索了：我們學校的學生、六年級、男生，待會兒問看看，是不是剛好有符合這些線索的人？」哥哥說。

「要問警衛嗎？」我問。

我的話才剛說完，警衛室就走出來一個人。

「小朋友，你們在這裡站很久了，要找什麼人嗎？」

「我們要找一位念明華小學的學生。」

我一聽到警衛的問題，毫不考慮的就回答。

「叫什麼名字呢？」

「我們也不知道他的名字，我們是在圖書館看書時，撿到他遺留

下來的東西，後來發現是一瓶藥，所以急著要還給他。」

沒想到韓飛也會說謊，但是他說的謊還滿有道理的。

「那麼，你們怎麼知道他住在這裡？」

「我們看到他坐上松雲社區的巴士。」

我脫口說出這句話，原來我也有說謊的潛力，但是這應該不算是謊話，比較像是「急中生智」吧！因為我看到，韓飛和哥哥都悄悄對我比讚的手勢。

「可是我們社區裡，搭巴士去明華小學上課的有六個人喔。」警衛邊翻手上的資料，邊告訴我們。

「六年級的呢？」韓飛說。

「那就只有兩個。」警衛回答。

「不會兩個都是男生或都是女生吧？」韓飛接著問。

希望不是，如果是就麻煩了。

「一個男生，一個女生。」警衛回答。

「太好了。」哥哥忍不住大聲歡呼。

警衛用奇怪的眼神看著哥哥。

「因為我們要找的是男生，可以請您幫忙查查看，他住在幾號幾樓嗎？」哥哥問。

「嗯，明華小學六年級，男生……」

警衛邊說邊翻看手上的住戶資料。

「有了，找到了，要怎麼通知他呢？」

「就說有四個明華小學的學生，要拿藥給他。」韓飛說。

警衛點點頭，然後走進警衛室，用對講機聯絡。

謎底即將揭曉了，本來應該高興的，但不知道為什麼覺得好緊張，心跳快的不得不大口喘氣。

「已經聯絡好了，你們可以直接上去，他住在19號7樓。」

電梯有一面是透明的玻璃，當電梯越升越高，把玻璃窗外的青山、綠樹，以及赭紅色大門，全都拋在腳底下時，電梯突然停了下來，接著電梯門自動打開。

走出電梯，左右各有一扇大門。

「19號，是這一間。」

哥哥把這兩間的門牌都看過以後，率先走到其中一間的門口，我們也都跟著走到19號的門口。

站在大門外，我們先是看看大門，然後又互相看看，猶豫了一下後，韓飛才伸手去按門鈴。

門鈴響了一聲以後，等了一會兒，沒有人來開門。我們又互相看了一眼，緊張的氣氛在空氣中流動。

「我再按按看。」

這次是哥哥伸手去按，而且連按了兩聲，門鈴聲剛停，就聽到裡面傳來急促的腳步聲。

接著門突然打開，是一個皮膚黝黑，眼睛大大，嘴唇厚厚，身材壯壯的外國女生，她穿著圍裙，好像正在煮飯。

原來，跟我們玩這場遊戲的，是一個外國人啊？可是我不記得，我們學校有外國學生啊！

「你們要找Andy對吧？Andy說，請你們先進來坐。」

以一個外國人來說，她的中文算是說的不錯了，但是Andy是誰呀？

「Andy是誰呢？」

哥哥問出了我心中的疑問。

「就是我們家的小主人啊！」

小主人？喔，我搞錯了，外國女生應該是在這裡工作的人，而不是主人。

她說完就開門讓我們進去，並且招呼我們在沙發上坐下。

坐了一會兒，那位神祕的小主人並沒有出現，倒是外國女生又出來了，而且端出一個大大的托盤，上面擺滿色彩繽紛、造型精緻，一看就讓人垂涎欲滴的蛋糕、甜點。

「你們先吃點點心，我要去做晚餐了。」

外國女生邊說，邊搖晃著胖胖的身軀，往廚房走去。

雖然茶几上擺滿了色香味俱全的糕點和果汁，但是我們都沒有人開動。

「看起來好像很好吃的樣子。」

平常不怎麼喜歡吃甜食的哥哥，好像也受不了這些糕點的誘惑。

它們看起來可口極了，而且正以美麗的姿態向我招手：「來呀，來吃我呀，我很美味喔。」

可是……

「你敢吃嗎？」我對哥哥說。

「為什麼不敢？」哥哥反問我。

「你們不覺得這有點像那個糖果屋的童話故事嗎？」我用警告的語氣提醒大家。

「喔，你是說那個，倆兄妹在森林裡迷路，壞巫婆用麵包做成房屋，用糖果做成窗戶，誘惑他們進來，準備吃掉他們的故事嗎？」裴華說。

「對呀，整個松雲社區，就像是一座森林裡的城堡，而現在又拿出這麼誘惑人的糕點和飲料……」

「然後咧？我們吃了就會昏倒，變成剛才那位外國女生的晚餐嗎？」哥哥不以為然的說。

「沒錯。」我的確有這樣的懷疑。

「你想太多了！」哥哥說。

「哈哈哈！唐唐，你真的想太多了。」

咦？這個聲音……，我們全都朝聲音發出來的地方看過去。

「是管學長！」我們四個人同時叫了出來。

「辛苦你們了，你們真厲害，竟然能夠一關一關的破解。」管學長滿臉微笑的說。

「管學長就是出謎題給我們猜的人嗎？那需要氣喘藥的人呢？」韓飛問。

「出謎題和需要氣喘藥的是同一個人，但並不是我。」管學長面帶微笑的說。

「不是你？那你為什麼在這裡？又為什麼都知道？」我問。

「是你和那個人一起策劃出這整件事嗎？」哥哥問。

管學長搖搖頭說：「我是到今天，不，應該說是剛剛才知道的。他今天邀我來，說要告訴我一件事，原來是這件事呀！」

管學長走過來，在沙發上坐下後，拿起其中一塊蛋糕吃了一口，然後對大家說：「這是他為了獎勵你們的辛苦，特別準備的，放心吃吧！吃了以後不會變成晚餐的，哈哈哈！」

管學長笑完又吃了一口蛋糕，於是我們也各自挑選一塊蛋糕，大概剛才太過緊張了，體力已經虛脫，香甜的蛋糕一咬下去，我才發現肚子餓了。

「真是服了他，竟然想得到這些鬥智遊戲，當然我更佩服你們，能夠一一破關。」

「管學長，那個人是誰呢？」哥哥問。

「他希望你們先猜猜看，就當做是最後一關，應該不難猜吧？」

「是齊學長吧！」韓飛和哥哥幾乎是同時說出來。

「為什麼猜是他？」管學長問。

「齊學長的語文能力很強，所以才想得出那些謎題，而且剛才你們是一起去搭社區巴士的。」韓飛說。

「你們果然很優秀。」這次說話的是齊學長。

「很抱歉，一直跟你們兜圈子，我的功力不夠，也只能想到這樣了。」齊學長說。

「不會啦，還滿有意思的。」哥哥說

是嗎？我記得，哥哥抱怨了好幾次呢！

「我沒有惡意，只是想玩點有意思的遊戲，但始終沒有機會，你們出現後，我覺得你們滿聰明的，所以就想跟你們玩玩看，沒想到你們真的很厲害。」

拜託，我們校園偵探隊是要解決問題幫助人的，不是要陪人家玩遊戲的好不好？不過，被優秀的六年級學長稱讚，好像也只能高興的接受了。

「齊學長，我們最初是想幫助那個需要氣喘藥的人，但是現在好像沒有這個人，這只是一個餌嗎？」韓飛問。

「不是的，小齊真的有氣喘病。」管學長說。

我們全都關心的看著齊學長。

「沒事啦，不嚴重的。」

「對小齊來說，氣喘不算什麼？孤單才……」

齊學長打斷管學長的話，說：「不要講這些啦，難得你們到我家，今天就在我家吃晚餐吧！」

就這樣，我們在齊學長美輪美奐的房子裡，吃了一頓美味可口的晚餐，齊學長從頭到尾都笑得好開心。

不過，讓我覺得奇怪的是，怎麼都沒有看到齊學長的爸爸和媽媽呢？

「他們忙著工作，很少跟我一起吃飯。」

齊學長以平靜的語調說出這句話時，卻讓我感覺有一種空虛的心情，和他剛才滿滿的笑容不太一樣。

我環顧這大大的房子、大大的餐桌，如果常常只有齊學長一個人，那真的很孤單寂寞。

快到家的時候，韓飛打破沉默說：

「我想，齊學長應該是太孤單了，才會花那麼多時間，想出這場鬥智遊戲跟我們玩。」

「原來，住那麼漂亮的大房子，吃那麼豐盛可口的美食，想買什麼就買什麼，也不見得快樂，一家人能夠常常聚在一起吃飯聊天，才是真的幸福快樂。」

哥哥說這些話的時候，讓我感覺他像個大人。

希望齊學長在和我們玩這個遊戲時，能夠感到開心，那麼，我們校園偵探隊就算是達成幫助人的任務了。

《鬥智的求救遊戲》學習單

學校：＿＿＿＿ 班級：＿＿年＿＿班

姓名：＿＿＿＿＿＿＿＿＿＿

一、請問你是在故事真相揭開時，才知道神祕人物是誰嗎？還是你其實在故事某一段落時，就已經猜到神祕人物了呢？

二、你的班上有沒有功課很好，卻不受人歡迎的同學，你會怎麼和他（她）相處呢？

三、如果你拿到紙袋裡面的塑膠球，你會把它打開，還是交給老師處理呢？

四、你曾學過古詩詞嗎？你最喜歡哪一首？理由是什麼呢？

五、故事裡面的神祕人物把氣喘藥藏在操場一盞壞掉的燈下，請你也來發揮想像力，你會把氣喘藥藏在校園哪裡呢？

國家圖書館出版品預行編目 (CIP) 資料

鬥智的求救遊戲／魏柔宜作；楊琇閔繪；
--初版. --臺北市；文房文化,2019.08
面； 公分. -- (校園小偵探；2)

ISBN 978-957-8602-68-7 (平裝)

863.59 108011640

校園小偵探 02
鬥智的求救遊戲

作　　者／魏柔宜
繪　　者／楊琇閔
發 行 人／楊玉清
主　　編／李欣芳
業務執行／張哲塵
內頁美編／辰皓國際出版製作有限公司
出 版 者／文房文化事業有限公司
地　　址／臺北市 11161 士林區大南路 389 號 3 樓
電　　話／(02) 02-2888-1458
傳　　真／(02) 02-2888-1459
出版資訊網／www.winfortune.com.tw
E-mail ／service@winfortune.com.tw
初　　版／2019 年 8 月一版一刷

定　　價／250 元
I S B N／978-957-8602-68-7